华文微经典

中国微型小说学会
世界华文微型小说研究会
主持

曾 心

消失的曲声

四川出版集团　四川文艺出版社

图书在版编目（CIP）数据

消失的曲声 ／（泰）曾心著． —— 成都：四川文艺出版社，2013.3
　（华文微经典）
　ISBN 978-7-5411-3672-6

　Ⅰ．①消… Ⅱ．①曾… Ⅲ．①小小说－小说集－泰国－现代 Ⅳ．① I336.45

中国版本图书馆 CIP 数据核字（2013）第 031603 号

华文微经典
HUAWEN WEI JINGDIAN

[世界华文微型小说经典]

消失的曲声
XIAOSHI DE QUSHENG

[泰国] 曾心　著

选题策划	时上悦读
责任编辑	向　华
封面设计	所以设计馆

出版发行	四川出版集团 四川文艺出版社
社　　址	四川省成都市槐树街 2 号
网　　址	www.scwys.com
电　　话	028-86259285（发行部）　　028-86259303（编辑部）
传　　真	028-86259306
读者服务	028-86259293

印　　刷	界龙集团北京外文印务有限公司
开　　本	650mm×920mm　1/16
印　　张	13
字　　数	120 千
版　　次	2013 年 4 月第一版
印　　次	2013 年 4 月第一次印刷
书　　号	ISBN 978-7-5411-3672-6
定　　价	22.00 元

华文微经典

作者简介

　　曾心，原名曾时新，泰名坚盖·塞塔翁，生于泰国曼谷，祖籍广东省普宁县。毕业于厦门大学汉语言文学系，后在广州中医学院深造，任中国医学史教师。出版著作：《杏林拾翠》、《名医治学录》（与叶冈合著）、点注《评琴书屋医略》（与黄吉堂、周敬平合著）。

　　1982年返回出生地。自1988年起，曾出版小说、散文集《大自然的儿子》，散文集《心追那钟声》，诗文集《一坛老菜脯》，微型小说集《蓝眼睛》，文论集《给泰华文学把脉》《曾心文集》《曾心短诗选》（中英对照），小诗集《凉亭》（中英对照），《玩诗，玩小诗——曾心小诗点评》，《曾心自选集——小诗300首》等13部。

　　现为厦门大学东南亚华文文学研究中心兼职研究员、泰华作家协会理事、世界作家交流协会秘书长、"小诗磨坊"召集人、厦门大学泰国校友会秘书长、泰国留学中国大学校友总会办公室主任。

前言

　　有人曾说，地不分东西南北，凡有人类生活的地方，就有华人的身影。话虽有玩笑的成分，但当前华人遍布世界各地，却也是不争的事实。扎根世界各地的炎黄子孙，他们的生活状况如何？他们的情感世界怎样？他们的所思所想何在？……要找到这些答案，阅读他们以母语写下的文字无疑是最好的方法之一。诚然，并不是有华人的地方就有华文创作，但在一些主要的国家和地区，华文创作几十上百年来一直薪火相传所结出的果实，显然也是令人瞩目的。遗憾的是，因为多种原因，国内的读者多年来对海外的华文创作了解甚少。尤其对广布世界各地的华文微型小说这一重要且具代表性的文体，更只是偶窥一斑而不见全貌。"华文微经典"丛书的出版，可谓弥补了这一缺憾。

　　海外的华文微型小说创作，主要分为东南亚和美澳日欧两大板块。两大板块中，又以东南亚的创作最为积极活跃，成果也更为突出。东南亚华文微型小说创作兴起于二十世纪八十年代初，各国在时间上又略有先后。最早开始有意识地从事微型小说的创作，并且有意识地对这一新文体进行探索、总结和研究，而且创作数量喜人、作品质量达到了一定艺术高度的，是新加坡和马来西亚；稍后于新加坡和马来西亚的是泰国，再后是菲律宾和文莱，再后是印度尼西亚。在发展过程中，各国的创作曾一度因具体的历史原因而存在较大的差距，但这一状况在近十年来正日益得到改善。

美澳日欧板块则因创作者相对分散，在力量的聚集上略逊于东南亚板块。不过网络的发展正在弥补这一缺憾，例如新移民作家利用网络平台对散居各地的创作进行整合，就已显现出聚合的成效。

新移民的创作是海外华文微型小说创作中近十多年来涌现出的一股新力量。尤其是近年来随着作家对当地文化和生活的日渐融入，其创作已日渐呈现出新视野，题材表现也开始渐渐与大陆生活经验拉开了距离，具有了海外写作的特质。

以上是对海外华文微型小说发展的一个简单梳理，而"华文微经典"丛书的出版，正是对这一梳理的具体呈现（为避免有遗珠之憾，丛书也将有别于中国内地写作的港澳地区的华文微型小说写作归入其中）。通过系统、全面、集中的出版，读者不仅可以得见世界范围内华文微型小说创作风姿多样的全貌，更可从中了解世界各地华人的文化与生活状况，感受他们浓郁的文化乡愁，体察他们坚实的社会良知，深入他们博大的人文关怀，触摸他们孜孜不懈的艺术追求。书籍的出版是为了文化和文明的传播与传承，我们希望这一套丛书能实现一些文化担当。我们有太长的时间忽略了对他们的关注，现在是校正这种偏差的时候了。这也正是丛书出版的意义和价值之所在吧。

目录

如意的选择

女儿快要大学毕业了。我几次半开玩笑问她："有对象了吗？"

"爸，您急什么？我还小呢！"她总是翘起樱桃般的嘴撒娇似地答。

"唉！还小吗？她今年快要二十五岁了。"她妈妈老是这样唠叨着。

今早，刮起春风似的，女儿凑近我的耳边，含羞带笑说："爸，今晚您早点儿回来呀！"

"什么事？"

"现在还暂时保密，等今晚就知道！"

对女儿的心事，做爸爸的我，看她那脸上泛起薄薄羞臊的红晕，心里已能猜出几分了。

夕阳西下。我从公司里急忙驾车回家，不料到了拍南四路，我的车却抛锚了。后面的车"叭叭"地鸣笛。怎么办呢？

我急中生智："雇的士拉车！"

我站在车旁频频举手，一辆辆的"的士"都坐着人，过了五分钟，十分钟……我急得像热锅上的蚂蚁。突然有一辆红色轿车急刹车，停在我的车前。一个衣冠楚楚的文静青年，走下来问："车坏了吗？"

"是！"我抹着额上的汗说。

"来！我帮你拉去修理。"那个青年温文敦厚地说。

我愣然望着那个青年："谢谢！我车后有拉绳。"

"不用你的好了，我也有铜丝拉绳呢！"他闪动着爽直、诚意的目光说。

于是，他熟练地把拉绳拴在两辆车上，手一挥："上车！"

他的车在前头拉，我的车跟着在后头走。拉绳一紧一松，我的心也像拉绳那样一紧一松。"松"的是，觉得像遇到了贵人，他肯主动帮我拖车。"紧"的是，后悔拉前没有与他讲好价钱，担心这下子被敲竹杠。

车被拉到一间路旁的修理车店。他停了车走出来："车就在这里修理吧！我有急事要先走！"于是，他弯下腰去解脱两头的拉绳。我却伸手进裤袋掏钱："多少钱？"

他抬起了头，捋着额上的一绺黑发说："只帮做一点儿小事，不收钱。"

"那怎么可以呢？"也许由于感激之情的驱使，我即刻从钱包里抽出一张紫色（500铢）的钞票塞进他手里。

"不能收！收了就没'汶'①啦！"他脸颊上露出两个笑窝，把钱推还给我说。

等到我再要把钱塞给他时，他已快步跨上自己的车子，然后伸出头来，做着手势："快点儿修车去！"

我望着他"嘟"的一声开动的车，立即摸着口袋，想用笔记下他的牌号，可是来不及了，我只看清55两个数字。我真后悔没向他讨张名片，好日后给他写封感谢信！

等到车修好时，已是路灯初亮了。我猛地想起了女儿要我早回家的话，就加快速度赶回家。车到达港口，只见路旁停着一辆红色的轿车，样子很像刚才拉我的车的那辆。

女儿听到我的停车声，马上从屋里走出来，后面跟着一个青年。我定神看他，他也抬头看我，两束眼光各落在对方的脸上，表情都是一愣，然后会心地笑了。

他站在女儿旁边，腼腆地跟着女儿叫了声："爸爸！"我喜上眉梢，觉得他的叫声比女儿叫得还好听。

女儿忙向我介绍他的情况，我手一摆说："不用啦！我已认识他了。"

女儿丈二金刚——摸不着头脑，睁着惊异的眼睛望着我。

我双手搭在女儿和他的肩上："进屋一起吃晚饭去！"

①汶：泰语，功德之意。

3

蓝眼睛

大儿子考上美国哈佛大学，全家喜不自胜。唯有老伴既喜还忧地说："到外国留学虽然好，但怕日后娶个'红毛'妻子回家。"

几年来，每当我给远方的孩子写信时，老伴总站在身旁，唠唠叨叨要我在信尾加上几个字，提醒孩子注意这件事。

有一天，接到孩子从美国寄来的信。信中夹着一张照片：一位窈窕淑女，穿着裙衩及膝的绿色旗袍，站在果实累累的苹果树旁，笑容可掬。老伴眼疾手快，夺了过去，嘻嘻地笑着说："嗯！头发是黑的，很像个上海姑娘。"一会儿，她拉着我的手说，"你看，她的鼻子怎么长得那么高？"我戏谑说："你喜欢扁鼻的媳妇吗？"她好焦急地说："哎呀！还开什么玩笑！我是问你，她那样高的鼻子，像不像中国人？"我戴起老花镜凝视片刻说："嗯！有点儿像西方人。"她声音立即变得有些颤抖地问："她的眼睛呢？"由于相片中的肖像太小，加上她那对含情脉脉的眼睛又微微眯着，尽管我与老伴凝神屏息地细看，还是辨别不出是黑还是蓝的来。

老伴急得手心渗出冷汗。我说："何必焦急，你看信，她有姓有名呢！""真的吗？""她姓李名密，还专门研究中国历史。"老伴缓和了紧张的神色，嘴角露出一丝笑意。

假期，孩子要带李密到泰国来。老伴在耀华力路珠璇行买了一枚红宝石戒指。她对我说："要是李密的眼睛是黑的，我就送给她。"我故意问："要是蓝的呢？"她毫不犹豫地说："那就自己戴！"

那天，由老伴与女儿到机场接机。下午五时，老伴从飞机场挂来电话，声音有些哽咽说："她虽很美丽，但眼睛却是蓝的！"我知道老伴内心的凄楚，便安慰说："当今世界变了，情人眼里已没有国家和民族的界限了。"

当晚，我安排全家大小十几人在湄南大酒店用餐。李密身着红色的中国旗袍，一双娇滴滴、水灵灵的蓝眼睛，在我与老伴跟前，微笑合十为礼，并用中国普通话叫："爸爸！妈妈！"我诧异地问："你会讲汉语吗？"她莞尔一笑说："会！我父母是汉学专家，母亲是美籍华裔。我们在家里常用汉语会话。"孩子在旁用泰语补充说："李密的博士论文是研究中国太平天国的历史。"老伴听得张大嘴巴问："外国人也研究中国历史吗？"李密亲昵地笑答："多的是，妈妈！"

席间，以唱卡拉 OK 助兴。我的黑眼睛、黑头发、黄皮肤的孩子们，唱的全是英文歌和泰国歌，唯有蓝眼睛的李密唱的是一首中国歌《龙的传人》。歌声悠扬悦耳。老伴暗暗给我递了喜悦的眼色，并挪动了椅子，靠近我的身旁耳语说："真想不到，她却有一颗执着的中国心！"

散席前，老伴拿出一个红红的小盒子交给我。我打开一看，是那枚闪耀光彩的红宝石戒指。我半开玩笑似的把它戴在自己的小指上。老伴嗔睨，拧着我的腿，做着手势，要我把它送给未来的洋媳妇——李密。

宝贝

一

母亲病危，似风中之烛。

一天清晨，忽然神志清醒，想吃咸菜配①粥。我喂了两口，她就摇头："饱了！"

子孙几乎都来了。她那停在凹窝里而失去光泽的两颗眼珠子，对准每个人凝视，发现一个小孙女的头发是金黄色的，便缓缓勾动着右食指："过来！过来！"

"婆婆！"小孙女有点儿忸怩地走过去。

"你过去的头发是黑的，怎么现在变成红的了呢？"

"婆婆！这是妈妈带我去染的！"小孙女翘起小嘴巴说。

_____

①配：佐。

"红头发，可丑死啦！"此话一出，惹得子孙们抿嘴相视而笑。

只有母亲没笑，继续缓慢地说："我的家族，从来就没有红……毛……的！"说到尾声，母亲的眼皮缓缓地覆盖着眼珠子。

过了一会儿，她又缓慢地睁开深陷的眼睛："麦莉怎么还没来？"

"妈妈，昨晚接到麦莉从美国打来的电话说，明日七点半到。"我凑近母亲的耳边说，"她还会带来刚满月的儿子。"

"哦！我的外孙子……"母亲又把闭上的眼睛睁开来，若有所思，"我的外孙子，不知长得像谁？头发不知是黑的，还是红的？"

我说："妈妈，别想得那么远。"

母亲嘴角泛起了一丝苦笑，好像还有什么心事挂在心上，也许她还在想着麦莉以及她的外孙子吧。

二

麦莉是家中的"细妹"，母亲很疼爱她。哥哥姐姐都没有机会上大学，只有她上了大学，而且考上了奖学金，到美国留学，戴上了博士方帽，成为家中的宝贝。

由于她的学历高、职务高、工资高、地位高，因此，在婚姻上，眼界也高了。一般男子攀不上，也不敢去攀。而有的高层男士，当双方都有意时，可她一了解，对方已有了家室，便手一甩："我才不当阿二呢！"亲友想帮她介绍，可她连去看一眼也不肯，说："当今是什么时代，我不是旧时代的闺女。"这样一年年过去，麦莉眼看花期将要过去。做母亲的时常为她焦急，怕她成为家中嫁不出去的"老姑娘"。

每当母亲唠叨时，她就顶嘴说："单身怎么不好，活像个自由女神！"

"老了怎么办？"

她把嘴巴一翘："当修女去。"

"哎哟哟！看你这样的性子，谁敢要呢？"母亲指着她的鼻尖说。

每当谈话"碰撞"而闹僵局时，麦莉便吻着母亲的脸颊："妈妈，别焦急！到时，我会带一个给您看看。"说着，她举起手来："拜拜！"便驾着小轿车走了。

三

一天晚上，麦莉带着一个高高瘦瘦的男子到家里来。我一看傻了：高高的鼻子，蓝蓝的眼睛，光秃的脑门，活像个莎士比亚。

母亲从房间走出来，一看也傻了，忙把麦莉拉进房间去："他是……"

"妈妈，他是我的男朋友。"

"你怎么跟他……"

"妈妈，这是我最后一班车了。"

"你可别给他骗了。"

"妈妈，我哪会给他骗呢？我不骗他就好了。"

"看你呀！嘴巴还那么硬！"

麦莉凑近母亲耳语："妈妈，今晚我特意带他来给您看看，别到时我肚子大了，妈妈还不知道我孩子的爸爸是谁呢。"

"哎哟！你真是……"

"妈妈！明天，我将和杰克·李德一起到美国夏威夷度蜜月。"

母亲听了，呆若木鸡，仿佛手中最美好、最珍贵的东西突然破裂了。

四

麦莉与他的男朋友走了，很快过了两个年头。

每当接到麦莉从西半球寄来的信，妈妈总是擦着眼泪："唉！我的女儿，可能是'瓜地里挑瓜——挑得眼花'，才会挑到那样一个人。"

我安慰道："杰克·李德是个博士，也属门当户对。"

"好不好，也是她自己的。一切都是前世注定的。既然是她自己合意的，两人走得远远的就算了。可是，今后她有了孩子，生出来是'红毛'的，可怎么办？"

我拿来一张宣传彩色相片给她看："妈！这照片里的婴儿多好看呀！有白皮肤的、黑皮肤的、黄皮肤的；有黑头发的、红头发的、卷头发的……"

母亲看了看："虽然好看，但他们不是一家人！"

我故意逗趣说："他们也是一家，不过不是小家，而是一个大家，是一个地球之家！"

母亲有点儿不高兴说："什么地球之家，我不懂！我只懂我的家，我祖宗的家。"停了片刻又说，"你可知道，我祖家与你父亲的祖家，世世代代的人，都是黑头发的。如果我家族出了个'红头发'，可上对不起祖宗，下对不起子孙呀。"

我把话岔开去："妈，嫁出去的女儿，所生下的孩子也不跟我们姓了。"

"虽然不跟我们姓，但她毕竟是我身上的一块肉呀。"

近年来，母亲的身体欠佳。泰国金融危机，家庭经济有所拮据，麦莉还颇有孝心，来信说，母亲的一切医药费用全由她负责。而且还给母亲带来一个"惊喜"，说她"肚里有小宝贝了"。

五

昨天，母亲神志清醒，也许是一种回光返照。今早，她又开始恶化，处在有时清醒，有时昏迷的状态。

麦莉抱着婴儿，从美国赶回来："妈妈，麦莉回来啦！"

只见母亲蜡黄的脸色、两片枯叶似的嘴唇，微微地颤动着："麦……莉，把你的儿子，给……我看……看。"

母亲用颤抖的手，抚着外孙子的头。她那两颗停在眼窝里的眼珠子，再也看不清外孙子的头发是黑的还是红的了。

母亲去世后，在寺庙里治丧期间，这个混血的婴儿，很惹人眼：乌黑的眼睛，金黄色的头发，胖得像只粉红色的乳猪。这个亲友抱来吻吻，那个亲友抱去亲亲，在人群中，竟成了一个既可爱又好玩的宝贝！

唉！如果真的有灵魂，不知此时此地，母亲有何感觉？

洋媳妇拾趣

　　深夜，我正在明亮的霓虹灯下阅读司马迁的《史记》，突然，接到在日本留学的洋媳妇的传真，说她明天（三月二十二日）从福冈搭六四九次班机，到达曼谷时间是二十点二十五分，而且用中文签上自己的名字：西蒂。也许她生怕我忘记她的名字，还写上我孩子的名字：小坚。我看了她的签名，不禁笑起来，觉得洋人学中文可不容易啊！尽管她的签名，一笔一画地认真写了，但还是漏东错西，如"蒂"字，漏掉在草字头下的一点；"小"字，正中间的一画是向左勾的，她却向右勾。但对她这种肯学中文的精神，我还是十分赏识的。

　　接到传真，我立即摇醒正在打鼾的老伴。老伴得此消息，再也睡不着了。她在打算做什么好吃的请媳妇，时不时问我："做这种菜好，还是那种菜好？"我只是支支吾吾，因为自己脑子里正在想另一件有趣的事。

去年，在东洋留学的儿子小坚，要与新西兰的留学生西蒂订婚。我与老伴坐飞机到达日本福冈，到飞机场迎接我们的，有孩子和未来的洋媳妇。她披着过肩的金黄色长发，高高的鼻梁，白皙的皮肤，双眼皮比黄种人的双眼皮大，淡蓝色的眼睛。

订婚那天，来了许多同学，还有藤野教授。他们有时说日语，有时说英语，有时还夹着一两句中国话。西蒂那天的打扮，大大出乎我俩的意料，她穿的并不是西方女人展露乳沟的性感服装，而是一套中国式的红旗袍，胸前还绣着一朵大牡丹，梳的是额前有刘海儿的发型，看去既窈窕，又含蓄，具有东方人的风韵美。

在订婚仪式中，孩子和媳妇俩跪在我与老伴跟前合十礼拜。我与老伴共同把一条镶上钻石的十字牌的四铢重的金项链挂在媳妇的颈上，她抬起头用不纯正的中国话高兴地说："谢谢！爸爸，妈妈！"然后想了一下，又说出一句话，"假如今后我与小坚离婚了，我会把这条项链还给你们！"我思想毫无准备，听了这话，好像傻了似的，不知如何对答，幸亏我的儿子也喝过"洋墨水"，懂得洋人的风俗，马上在旁代我们回答："当然啰！"

这件事深深地印在我的脑海里。每当想起它，总觉得西洋人那种敢袒露内心的真情的性格，也有可爱之处。

这次西蒂单独到泰国来探亲，因为我的孩子正帮助藤野先生搞一项重要的科研，抽不出时间和她一起来。

我们全家到廊曼机场接她。她与我老伴见面，高兴得互相亲吻起来。我把一串茉莉花环挂在她的颈上，她合十敬拜说："谢谢！爸爸！"然后拿到鼻上一闻，用普通话说，"啊，好香呢！"

我赞许说："西蒂，你的中国普通话讲得很不错了！"

"不行！不行！"她边笑边摆着手说。

我记得，第一次见面，她手里拿着小字典。要讲一句中国话，她得先查字典，然后按字典的发音，合拼成一句话。因此，这次我问她："带字典来了吗？"她天真地回答说："带来了！这次还带了两个呢，一个是英汉字典，一个是日汉字典。"我笑着纠正说："字典不叫一个，而是叫一本或一部。"她忙答："是！我忘了！"

到了家里，她从日本带来的礼物，每人分给一件，全家皆大欢喜。她还特意给我与老伴每人十万日元。

第三天傍晚，我们和西蒂到博大超级市场买东西。我推着车，凡要买的东西都一一放进车里。等我推车到结账处，西蒂马上把自己选购的东西从车里拿出来。我要把她的东西一起结账，一起付钱。她忙摆着手势说："No！No！这是我买的东西！应该我付钱！"

在泰国逗留期间，晚上，她要我给她补习中文。当然，我满口答应了。可是她问我："教一个钟头收多少钱？"我思想毫无准备，傻了片刻才回答："不收钱！不收钱！"她却很认真地说："爸爸！你不收钱，我就学不懂了！"我疑惑地问："为什么？"她说："不收钱，就会不认真学，不认真学，就学不懂嘛！"结果她硬要按在日本教中文每小时五千日元付给我。

每晚，她是准时上课，也准时下课的，一分钟也不差。有一次，我多教了半小时，她一定要多付给半小时的钱。按她们西方的习惯，我推也推不掉，只好都收了。我想，收了这些钱，等她返回时全买成礼物送给她。

第二天一早，西蒂就要返回日本了。我把儿子、女儿、媳妇、女婿、孙子都叫齐，在家里开了个饯行的晚会。围坐在席上的家族，有黄皮肤、黑皮肤、白皮肤；头上的毛，有黑毛、红毛、白毛。我半开玩笑说："我们的家是个不分国籍、不分种族的大家庭。"西蒂莞尔一笑，跷起大拇指说："Good！是个家庭联合国！"

这句有趣的话，博得席上所有的人，不管是黄皮肤的脸、黑皮肤的脸，还是白皮肤的脸都笑得露出一口洁白的牙齿来。

半夜鸡叫

　　刚搬进新陶豪①的肥李，心情十分舒畅。每天清晨，他总喜欢站在阳台上，伸伸懒腰，呼吸一阵新鲜的空气，然后眯着眼，沐浴着晨光，在大自然中陶然自足。

　　但是好景不长，自右邻搬进了张大妈，则把这种幽静的自然空气"污染"了。

　　张大妈人瘦火气大，每当动肝火，就骂个三天两夜也不停嘴。从孙子骂到儿子，从儿子骂到媳妇，从媳妇骂到老头子，甚至甩盘砸碗，闹得鸡犬不宁。邻居暗中给她取个"老虎婆"的绰号。

　　好静的肥李，每当听到张大妈不停的吵骂声，心绪烦死了。几次他想当面劝说张大妈，但又怕被"老虎婆"当作臭

────────────

①陶豪：豪宅。

骂的对象，于是，他采取"绕道"之法，通过李大婶去代说。不料，第二天，在张大妈的骂声中，居然夹有指鸡骂犬之隐语。

肥李忍气吞声，侧耳倾听，自言自语："真是地道的老虎婆，恶到无人敢劝！"

一天，肥李在和朋友闲聊中，有位朋友谈到家里养有一对矮脚鸡。雄鸡好像经过特种训练似的，每当深夜十二点整，钟声一响，就拍拍翅膀啼叫，吵得左邻右舍很有意见，他准备送给寺庙。

肥李听了，喜从天降，心想：以毒攻毒，是三十六计中之一计，我何不来个以声攻声，叫那老虎婆气上天。于是他把朋友那对矮脚鸡捉来养了。

果然那雄鸡长得不凡，个子只有巴掌大，长冠红得如鸡冠花，脚趾利如鹰爪，尾巴长如斗鸡。每当有人看它时，它总是昂首相看，鸡冠放射出红光，死劲拍着翅膀，咯咯地叫，好像说："来吧！我们较量一下。"

那晚肥李带着好奇和兴奋的心情，直守着壁上的挂钟，十一点……十一点四十五分……十一点五十五分……十二点整。"当当当"，钟声一响，果然听到鸡拍翅膀的声音，随着便"喔喔喔"地啼叫。声音是多么清脆，多么动听呀。肥李边听边嘻嘻地笑出声来，自忖："这雄鸡的生物钟多准呀。"

雄鸡还在继续引颈高啼中，就听到隔壁的张大妈惊醒的骂声："半夜见鬼，哪家的臭公鸡哭父哭母！"肥李静静地窃听，捂嘴偷笑。

第二天一早，李大婶手里拿着一张一百铢在肥李面前说："昨晚，张大妈被你的公鸡吵得一夜睡不着觉，她托我愿出一百铢买你的鸡。"

肥李"扑哧"一声笑了："哎呀！我的鸡才值一百铢吗？再十倍呢……嗯！张大妈是买不起的。"并风趣地说，"人家的鸡是'鸡叫报初晓'催人起床，我的鸡是'鸡叫报三更'，催人上床入睡。"说后，哈哈大笑。谁都知道有"夜猫子"之称的肥李，每晚都要到三更半夜才睡觉。

就这样，第一回合"交易"不成，张大妈只好把火气发到公鸡上，不仅骂"臭公鸡""死公鸡"，而且威胁说："等有一天，我要亲手把这只臭鸡杀掉！"

但骄傲的公鸡不甘示弱，每晚依然十二点啼叫，而且啼叫得更嘹亮，好像故意要与张大妈对抗和较量似的。张大妈夜夜被搅得睡不着，瘦弱的身躯更萎缩了。有人说她"只剩下三根骨头四两肉了"，而她自己也承认："瘦了两公斤。"

一天，肥李故意放出空气："我家的鸡孵了一窝蛋。邻居要小鸡，将来免钱相送。"

张大妈听了吓了一跳，侧耳听听隔壁的动静："天呀！真的孵小鸡了。"小鸡仔叫的"咕咕"声，像一根根针刺痛她的耳膜。她呆听着，红筋连连牵牵的眼睛更深陷了，瘦削

19

的额上，皱纹蹙成了结。她似哭非哭从心中冲出来的哀怨声："好惨呀，一只鸡已叫得我瘦了两公斤，而一窝鸡长大，半夜叫起来，会响过一台潮州戏的大锣鼓。那我还有几斤老肉可瘦呢。"于是，她无可奈何地叹息，"罢罢，一百的十倍，即一千。呀！一千铢，一只鸡，好贵啊！"

第二天一早，李大婶受张大妈的委托，拿了一沓钞票，进行第二回合"交易"。肥李接过钞票，一张张地数着，真的是十张。他不禁哑然失笑："我的鸡，价格可不低，照理可出卖了，但现在又不想卖了。"

李大婶急问："为什么？"

肥李一本正经地说："我的公鸡，价格哪有那么贵呢！如果收张大妈一千铢，她将痛到割肉，骂人会更厉害；再说单卖去一只公鸡，母鸡也会感到寂寞。不久成群小鸡就要出世了，如果其中有一半又是公鸡，将来长大了，都承受'半夜鸡叫'的遗传因子，张大妈又要拿出几倍的一千铢来买这群公鸡，她肯吗？"

李大婶认真地听着。肥李便开诚布公地说："请转告张大妈，我是不喜欢养鸡的，养鸡不仅脏，而且吵得影响邻居休息。由于张大妈经常吵闹，弄得我心里很烦躁，因此，我故意养鸡半夜去吵醒张大妈，搞得她神经衰弱，这是我的不对。俗谚说：'邻居和和笑笑，好比中彩票。'因此，我也很想搞好邻居关系。张大妈大声骂人的本性，一下子也难改。

今后我只要求张大妈骂人的声音小些，别影响邻居休息，我也会很快把鸡送给'越'^①。"

肥李的话说得诚实有理，李大婶听得连连点头，而且看到两家的关系有能得到改善的苗头，便喜在心里。

于是，李大婶原原本本把肥李的话转告给张大妈。这次张大妈似乎有所触动。她接过退回的钞票，也无心像通常一样，用大拇指贴在嘴边蘸一下口水，细心数一数，只把钞票捏在手里，瘫坐在沙发椅上，一言不发，半闭半开着那双失神的眼睛，似乎默默在忏悔自己。

当天傍晚，张大妈提着一袋自己的衣服，告知李大婶，她准备到女儿那儿住段时间再回来。

不久，肥李看到绒球似的小鸡会走会跳了，便把所有的鸡装进一个笼子，驾着小轿车，亲自送到寺庙去。

---

①越：泰语，寺庙之意。

母子情

三〇五病房，今早突然有了歌声。

房外李嫂提着一袋水果推门进来。正在唱着泰国流行歌曲的伊丽，连蹦带跳："妈，让我拿！"李嫂摆着手："孩子，你病还没好！"

"妈，今早医生来查房，说我的病全好了，明天就可以出院。"

"真的吗？孩子！"李嫂一时忘了手上提的水果，一松手，一个个雪梨滚落地下。

伊丽边削梨皮边说："妈妈，医生说这次出院，家里不能再养鸽子了！"

"为什么？"她惊愕地问。

"医生说，我患的病，已化检出来，是由滋生在鸟屎中的一种病菌所引起的。"

"噢……"

李嫂整个心思，已飞到家的阳台上那个简陋的鸽子笼。两年前，明明生日那天，想买块蛋糕给他过生日，但孩子摇着头说："不要，我要一对白鸽子。"自从养了鸽子，明明一放学，便不在学校玩球了，即赶快回家，到了家，书包一丢，就往阳台喂他的鸽子去。也不知他从哪里学来的，懂得用挖空内核的椰子给鸽子孵蛋。而出壳的雏鸽，嗷嗷待哺，从圆圆的椰子壳的圆口中伸出毛茸茸的小脑袋，摇摇晃晃地窥探着"父母亲"回来了没有的神态，尤其"父母亲"总是轮流嘴对嘴喂着自己的小鸽子吃食物的情景，明明总是看得出神，常常独自站着嘻嘻傻笑。现在医生说"家里不能养鸽子"，这就意味着必须在明早之前拆掉这鸽子笼，孩子将会怎么样？李嫂不敢再想下去，心想：还是回家与孩子的爸爸商量好了。

太阳西下，李嫂回到家，见明明穿着红背心，站在阳台上伸手打开鸽笼的小铁门，四五只白鸽子一冲而出，欢天喜地地鼓动着翅膀飞向蔚蓝的天空，由近而远，由大而小。明明那双滴溜溜的眼睛一直跟随着鸽子飞行的方向转动。

李嫂静静地站在一旁，不想惊动孩子玩赏鸽子的情趣，心想：孩子，你就尽情玩赏吧！今天是你站在阳台上观赏鸽子的最后一天了，明天这个时候，你的鸽子和笼子将要离开这里。而将搬到哪里，她心中一片茫然。于是她走到厨房里取出一袋绿豆，"噔噔噔"走上阳台。

"妈妈！"明明高兴地叫着，并问，"姐姐的病好些了吗？"

"好了，明天就要出院了。"

明明拍着小手，高兴地跳起来！

李嫂想继续说些什么，张口却说不出，只好把手中那袋绿豆交给孩子："让鸽子吃绿豆吧！"

"妈，平时你不是不同意用绿豆养鸽子，说太浪费吗？"

"平时是平时，今天特殊。"

明明丈二金刚——摸不着头脑，直眨巴眼睛。

这时，孩子的爸爸回来了。李嫂急忙下楼来，迫不及待把这件事一五一十地告诉李兄。

李兄像个迫击炮对机关枪——半晌才回了一句："那好办！明早我把鸽子捉起来，送到'越'去。"

"如果孩子不同意呢？"

"哪有不同意之理！"

"那好，尽量不要伤到孩子的心。"李嫂低声央求。

不料这些话，被站在二楼楼梯口的明明听到了。他急得直捶自己的小脑袋。

李嫂赶忙上二楼去，只见明明抽抽咽咽地哭着。

李嫂溺爱地把孩子搂在怀里，连连地说着："孩子，别哭！"但自己的眼泪不断地滴到孩子的头发上。

"妈妈，你也哭了？"明明含着泪问。

"孩子，不是妈妈不给你养，而是医生说不能养，如果家里还养鸽子，你姐姐很可能再犯病。"李嫂用手抹掉明明脸上的泪珠说。

"妈妈，这我知道！"明明很懂事地点着头。

这时，到天上去玩了几大圈的鸽子姗姗飞回来了，有几只停在鸽笼边，有一只却调皮地飞来停在明明的肩上，鼓着颈上蓬松的白羽毛，贴近他的耳边，"咕咕"地叫着，好像劝慰明明"别哭，别哭"。明明顺手捉住那只红脚红嘴的白鸽，把头歪到一边，与它贴得紧紧的，哭得更大声，哭得更伤心。

电话铃响起，李兄大声喊着："医院催着结账去。"

李嫂低头擦着明明挂在脸上的泪水，咬着嘴唇，匆匆走下楼，又匆匆上医院去。

这晚，夜好长。李嫂"扁担挑水——心挂两头"。一头陪女儿过夜，另一头牵挂着在家的明明。她老是睡不着，几次开灯上厕所去。伊丽很理解妈妈的心，不时睁着眼睛观察妈妈的动静，若有所思地安慰："妈妈，这样好吧，明早出院，我到叔叔家里去住。"

这句话即刻点亮李嫂的思路，问："孩子，你要到叔叔家里去住，不如让你弟弟把鸽子搬到叔叔家里去养。"女儿猛地坐起来，高兴得紧抱着妈妈："太好了！太好了！"

天刚亮，李嫂赶快回家，生怕迟到，鸽子被孩子的爸爸送到"越"里去。

　　到达家门口，便听到阳台在拆鸽子笼的杂音，李嫂的心跳加快：那一定是孩子的爸爸亲自动手拆了。不料进到家里，还见李兄在房里睡大觉。她大步流星登上二楼的阳台，喜见明明和叔叔的男孩嘉新在拆笼子。他们看到李嫂来了，高兴地呼叫。明明说："妈妈，昨晚你走后，我到叔叔家里去找嘉新兄。他真好，要我把鸽子搬到他家去养。"李嫂问嘉新："你爸爸同意吗？"嘉新笑着说："伯母，我爸爸说，我们都住在一条巷子，把鸽子抓来家里养，明弟每天放学依然可以到我家里养鸽子、看鸽子，好像自己的家里一样。"

　　李嫂觉得眼前这两个孩子天真无邪，十分可爱，顿时眼睛闪现慈母爱意，伸手要把这两个孩子紧紧搂在怀里，说："孩子，你们真好！我们的心都想在一起了。"

　　不料，明明却一闪躲开，摊开双手说："妈妈，小心，我手上有鸟屎。"

　　"哈哈！"三人都笑得很开心。

命运

　　搬到新家去住已两年多了，我还时常想到旧家那里的许多亲戚朋友。

　　一天，我踏着晚霞的余晖到旧家的巷口。在宁静的小巷里，便见一个小女孩，穿着一袭白色连衣裙，头顶扎着粉红的蝴蝶结，蹲在苔痕斑驳的墙脚，手里拿着一根细枝条，翘着屁股低头挑逗着小黑蚂蚁玩，旁边站着一个女佣。

　　我从那个小女孩的脸型、眉毛、眼睛、鼻子、嘴巴，就可百分之八十断定她是旧隔邻李嫂的小女孩。因为当时我离开这里时，她正好怀孕呢。

　　忽然，一辆红色的小轿车停在巷口，"叭叭叭"地鸣了三声。那小女孩转过身，像只上下翻飞的小蝴蝶，张开那双小手迎上去，高兴地欢叫："爸爸，妈妈！"

　　我驱身前去，也叫了一声"李嫂"，又张嘴要叫声"李兄"时，但定神一看，声音却卡在嗓子里。奇怪，怎么和李嫂坐在一起的，并不是李兄，而是比邻的吴兄？那小孩儿怎么把吴兄叫作爸爸呢？一时，我僵在要叫又不知如何称呼的尴尬中。

幸好，我的脑子还转得较快，发觉我刚才叫"李嫂"有所失体，舌头一转，想改叫"吴嫂"，又怕有差错，因此，我的舌头就定住在她的原名上——清艺。

"请到家里坐！"清艺满面笑容招手示意要我上车。

"不必，我自己走去好了！"我指着前面不到百步的他们的家说。

进到家里，又再次叫我诧异：为什么李家和吴家都打通了？原来的李兄和吴嫂都到哪里去了？又一层疑团复加在我的心头。

我要张口明问，又恐失礼，只好睁大眼睛从墙壁上挂的那帧相片中，寻找解开疑团的蛛丝马迹。

哦！那张两对爱侣在帕他雅海边合影的照片依然挂在那里，这说明他们四人的感情并没有破裂呀！"请吃！"吴兄笑盈盈地托着一盘已剥了皮的圆润晶莹的红毛丹说。

我正燃着一支香烟，叼在嘴上，见吴兄来了，顺手递给一支说："请抽一支烟！"

"不抽啦！"吴兄推回我的手说。

我再伸手递过去："我不信，你几时不抽啦？"

代之是一双白净的嫩手，连手带烟推回来说："他戒烟两年零四天了。"原来是清艺一手替吴兄推却我的递烟，另一手却迅速递过一杯牛奶咖啡，"来！还是吃这个好。"

我看着清艺这敏捷而有趣地帮吴兄谢烟的微妙举动，不禁吃吃地笑起来："清艺，你真有一手呀！"清艺莞尔向我瞟一眼，又望着吴兄矜持地一笑。

想起几年前，吴兄与吴嫂往往也为了抽烟之事而吵嘴，尽管吴嫂砸锅摔碗哭哭啼啼，也无法叫吴兄把烟瘾戒掉。原来李兄也抽烟，与清艺结婚后，也乖乖地戒烟了。因此我觉得清艺自有一大套叫所爱的人戒烟的"法宝"。

想到这里，我的思绪又一次想到李兄与吴嫂，不知命运安排他们到哪里去了呢？

我想顺水推舟问问此事，但话到嘴边又转回来。我想用一些话引他们自动谈出来，但他们似乎有意避开不谈。一会儿问我的近况，一会儿滔滔不绝地谈自己女儿淘气之事。

正当我举杯到嘴边，呷了一口牛奶咖啡时，忽闻楼上有哭声。

"孩子哭了！"清艺拔腿"噔噔噔"上楼去。

这时，吴兄把嘴凑近我的耳边："我们的事，你知道了吗？"

"不知道！"我摇着头说。

"那是 1992 年 5 月某一天傍晚，五马路一带，群众示威游行，我和太太，李兄和清艺，四人共雇一辆的士去看热闹。谁知是'背着棺材赶路——找死去'，才跟着人潮走了小段路，突然前面响起了密集的枪声。大家各顾拼命跑，我和清艺恰巧都躲到一棵大树下，慌张寻找自己的亲人，但哪里去找呢？霎时，喊声、叫声、哭声、枪声、火光四起，我们只好跑回家，心想，说不定我太太和李兄先回家。可是到了家还不见他们，我俩眼睁睁地等了一个晚上，还不见他们回来。我慌了，清艺哭了。天还没亮，我们到几家医院去也没找到，后来才在一份被打死人数的调查报告中见到他俩的名字。"吴兄讲到这里喉咙已哽咽了，半晌说不下去。

"又在讲那件事啦！"清艺抱着小孩从楼上"噔噔噔"下来。吴兄接过孩子，紧紧搂在怀里，示意由清艺讲下去。

"那时，我已怀孕五个月，阿兄①很好，次次陪我到医院检查。在孩子临产时，阿兄说：我失妻子，你失丈夫，我们平时四人都很好，就让他们到天上去为比翼鸟，我们在地下也为连理枝吧！当时，我也没拒绝，只提出一个条件，要他戒烟。他即刻从口袋里摸出半包烟，甩出窗外去。"清艺边讲边把精灵的眼睛斜视吴兄，充满着一种亲昵和自胜的神情。孩子从吴兄的怀抱里挣脱出来，跑过去要妈妈抱。

我拍着吴兄的肩膀说："在你们身上发生的事，只能用

---

①阿兄：这里指吴兄。

命运学才能解释清楚了。"吴兄瞪我一眼，惊奇地问："你什么时候也相信命运学了？"我脱口而出："不知怎么的，年轻时相信革命，中年时相信自己，老年时相信命运。"

吴兄用食指点着我的鼻尖："你呀！你呀！人未老，思想已经老了。"

清艺替我解围似的，指着自己的鼻尖说："我呀，过去不信，现在也相信了。"说得吴兄眨着眼睛直笑。依偎在妈妈怀里的孩子，也学着父亲眨眼睛，惹得三个人哈哈大笑起来。

时间不早了，吴兄要用自家的轿车送我回家。我手一挥说："不用啦，到巷口坐的士，半个钟头就到家了。"

焚稿

电话铃响了，陈彬抓起话筒："哈啰。"

听筒里传来的是李蒙的声音："请今晚到我家喝酒。"

陈彬与李蒙是老朋友、老文友，平时互邀对方到家里品茗是常有的事，但从来没请对方喝酒。因为他们都不会喝酒，半杯酒下肚，脸就红，讲话走了样，声音变了调。而今晚为什么李蒙请去喝酒呢？陈彬心里当然起了疑心。

一进门，陈彬就怔住了：桌上杯盘狼藉，喝得酩酊大醉的李蒙正在焚稿。

陈彬抢过烧着的稿子，一看，是一部未完成的长篇小说手稿。扉页上的编数是一百八十页至二百零四页，没有前半部。

陈彬还来不及问前半部弄到哪里去了，嗖地，李蒙像打"醉拳"似的伸过一只手来，恍恍惚惚，抢着要继续烧那些稿子。

陈彬一闪，把稿子塞进裤袋里："李兄，你是醉了吧？"

"哈哈！我没醉，我想醉。"

"李兄，为什么要烧掉自己的手稿？"

"完了，我的十年心血全完了。"

"为什么？"

"我的手稿呀，前半部被烧了。"他强忍住钻心的疼痛说。

"谁烧的？"

李蒙没回答，呼噜呼噜地睡着了。

外面下着雨，李嫂撑着折伞，未进门槛，就听到她尖锐的惊叫声："哎呀！怎么有酒味儿？谁喝酒啦！"

她一眼见到陈彬便问："陈叔，吃饭了吗？"

"吃了。李嫂，你们还没吃晚饭吧？"

"是呀！陈叔，你们做大生意，可以准时关门，早早就吃晚饭。我们做小生意，没有定时，等到关门吃晚饭，人家已上床睡觉了。"李嫂的薄嘴唇一动便一串话。

李嫂看到自己的丈夫喝醉伏在桌上："他怎么醉了？"

陈彬细心观察李嫂的举动，似乎还不知道丈夫喝醉的原因。难道她没有烧手稿吗？

陈彬舌头绕了弯说："李嫂，李兄怎么醉酒呢？"

"噢！他平时不喝酒，今晚见到你来，他高兴了，才喝呀！"

"李嫂，我来时，他已喝醉了。"

"真的吗？"李嫂愣住。

陈彬从裤袋里取出那沓烧焦一角的手稿："李嫂，我来时他正烧这些呀。"

李嫂一愣："还没有烧完吗？"

陈彬顺水推舟问："李嫂，你烧了他的稿子吗？"

李嫂拍着大腿说："烧了！"

陈彬的心"咯噔"一跳，好像李嫂的手拍打到他的心上。

"李嫂，烧掉李兄的手稿，他多伤心。你看，他一下子就喝了一瓶威士忌。"

"哎哟！他疯啦，灌了这么多酒，还了得！"

俗话说："女人之所以称为女人，自多了一份比男人所没有的柔水。"李嫂走近丈夫的身旁，轻轻把手放在他的肩膀上，心疼地说："他还没吃晚饭呢。"话里充满着怜悯似水的柔情。

这次李嫂为什么要焚烧李蒙的手稿呢？原来是为了"钱"的事。

平时他俩吵嘴，多半落到利用商余写文章的问题上。李嫂问："你每晚写那些东西做什么？"李蒙答："白天赚钱很烦恼，晚上写点儿东西，寻找点儿精神的享受。"李嫂问："那些东西能当饭吃吗？能填饱肚皮吗？"李蒙答："虽不能填饱肚子，但它是精神食粮。"李嫂问："那些东西，一斤值多少钱？"李蒙答："这些东西的价值是不能用斤两来称的。"

李嫂问："我没读过什么书，不知精神食粮是什么味道？"
李蒙故意答："精神食粮的味道，胜过吃烤猪，胜过吃燕窝，胜过吃鱼翅！"于是，李嫂就火了："你就吃这些好了，我不再做饭给你吃了。"李蒙只好憋一肚子气。

一天，李蒙把一沓手稿寄给报馆，不久，接到退稿。信中说："版面有限，不宜刊登长篇小说。"李蒙想：报纸不宜刊登，我得想办法出版。晚上睡在床上，他终于把自己的想法告诉老婆。李嫂惊问："出一本书，要多少钱？""大约五万铢！"李嫂"哇"地叫起来："五万铢要赚多久！五万铢给我做衣服，一辈子穿不完。"李蒙不作声。李嫂又问："出书给谁看？""给后代看。"李嫂说："我们的后代都读泰文书，看不懂。"李蒙烦了："那就作为我将来死后的遗产！"李嫂"扑哧"一笑说："这叫什么遗产？孩子爱的遗产是地皮、房子！"李蒙又沉默。李嫂整夜睡不着，五万铢这样一个大数字，真叫她血压突然升高。于是，她不得不想了一个违心的法子——焚稿。

究竟她焚了没有？陈彬正在追问。

"烧了，省得破费五万铢！"

"李嫂，你怎不告诉我，出书的钱，我可资助。"陈彬说得既诚恳又惋惜。

李嫂似乎不相信自己的耳朵，薄薄的嘴唇抽搐了一下："陈叔，你也该早说！"

"现在我才知道。"

"陈叔，烧是烧了，但烧的是他其他发表的文稿，这未发表的手稿，我把它……"

"把它怎样？"陈彬急问。

"我开始真的想把它烧了，但火一烧着，心也就软了。想起和他相处几十年，孩子也都长大了。他不抽烟，不喝酒，晚上也从来没出去玩那些。假如把手稿烧了，怕对他刺激太大。"

"李嫂，你知道吗，那是李兄十年的心血！"

"嗯！这我知道，所以我才心软烧不下呀！"

"李嫂，真的没烧？"

"嗯！我把它藏起来了，但骗他烧了。"

顿时，陈彬觉得李嫂在一气之下，还不曾失去理智，还颇有夫妻之情："你快拿来给我看看！"

李嫂"噔噔噔"地上楼去了。不久，她捧着一大沓手稿给陈彬看："这些是吗？"

陈彬接过一瞧，首页烧焦了一角，题目依然完好如故，端端正正用墨笔写了四个字：湄江浮沉。扉页上的数字是一至一百七十九页。陈彬喜出望外。

这时，伏在桌上的李蒙还迷迷糊糊地叫："我的手稿，我的手稿！"

鱼苗塘里的旋涡

头家①陈在龙仔厝有七八个鱼苗塘。

一天，他"巡视"到第八个鱼塘，发现塘边漂起几条死鱼。他捞起一看，死鱼肚不涨，瘪瘪的，用力一挤，小鱼的肚肠流了出来。他一时来了火气，粗声高喊："乃良！乃良！"

看守鱼塘的乃良还在梦中，一骨碌从竹床上爬起来，循着叫声的方向奔去。

"乃良！这塘鱼你忘喂了吗？"

"头家，昨晚我喂了。"

"喂了？鱼怎么会饿死呢？"头家陈把手上那条死鱼丢到他面前。

乃良脸色顿时变得铁青："头家，我真的喂了。"

---

①头家：老板。

头家陈狠狠"训"他一顿，只见他跑回茅屋，提着一桶饲料，跌足追风似的奔来。

奇怪，乃良撒了一把又一把的饲料，不见鱼苗来食。

头家陈瞪着怒眼："乃良！鱼都到哪里去了？"

"头家，我不知道。"

"真不知道吗？"头家陈提高嗓音问。

"真的，头家。"乃良压低声音说。

"你不知道，我倒知道！"头家陈的声音突然升高八度。

乃良吓得头发根根竖起，额上冰凉。

"乃良！你一定偷抓鱼苗去卖了，是吗？"头家陈的脸涨成猪肝色。

"头家，我怎么敢偷鱼苗去卖呢？"乃良摆着手说。

"乃良！你还不讲实话，你不怕我这个吗？"头家陈举起那只文有虎头的铁拳头。

乃良吓得双脚发抖，倒退几步，正好撞到一个走来的老头子。他头上缠着一条水布，身着一套旧的农夫衫，嘴角还衔着枳叶烟。乃良转身一看，即刻合十恭拜："丕猜①！"

丕猜在临近替另一个头家看守鱼塘。晚上没事，经常过来找乃良，边喝酒边指桑骂槐。

----

① 丕猜：猜兄。

正当头家陈要出拳头的时候，丕猜突然到来，实际上帮了乃良一把。

头家陈见到丕猜来解围，不觉脸上掠起一丝很不自然的勉强的微笑。

丕猜递给头家陈一支椰叶烟。头家陈摆着手说："我自己有。"便从衣袋掏出"555"牌的香烟来，递一支给丕猜。丕猜接过香烟，望着那很受委屈的乃良："乃良，香烟！"说着，把手中的那支名牌香烟丢过去。

三个人默默地抽着烟。三缕烟云一圈圈地游动，在清晨的鱼塘边，袅袅地缠在一起，融在一起。衔在嘴边的烟渐渐地短了，头家陈的怒气也渐渐被烟云带走了。乃良那颗颤抖的心也渐渐地似鱼塘水面那样平静下来。

突然，坐在鱼塘边的丕猜，发现鱼塘平静的水面的一角，打起一个不寻常的旋涡，他好像发现了新大陆，把烟蒂一丢："头家，你看，那里有旋涡！"

丕猜抓了一把饲料撒进塘里，忽而又打起一个旋涡，稀少的小鱼被惊得四处游走。

"有大鱼！"三个人不约而同地叫起来。

头家陈一跺脚，把毛茸茸的粗手一指："乃良，快去拿渔网！"

乃良应一声："嗑！"

不久，乃良拿着渔网，赤膊上阵匆匆跑来。

站在岸上的头家陈，指手画脚地指挥着，一时不慎，踩崩埂边，冬瓜般的肥身，"扑通"一声掉到水里去。

在紧张而繁忙中，却给大家添了一剂开心的笑料。

等到他全身湿漉漉地从池塘里爬上岸，网鱼的人也网到两尾大乌鱼。

头家陈猛击自己的掌心说："这两条东西，就是鱼塘里的黑贼！"边说边跑去看所获的"战利品"。

乃良抓起一根竹子，狠狠地砸着鱼头，边砸边骂："黑贼！黑贼！"鱼死了，地上已沾满血。头家陈指着死鱼说："真没想到，地上有贼！水里也有贼！"他用脚轻轻一踢，"乃良！拿去煮了，请大家吃！"

原来在清塘放鱼苗时，没清干净，让几条乌鱼潜伏下来。

这时坐在鱼塘边不声不响地抽椑叶烟的丕猜，又站了起来："别走！塘里还有大鱼。"

"怎么，还有漏网的？"头家陈惊问。

"头家，刚才你跌到水里，惊动了水里的鱼，可能有的已钻入烂泥里了。"丕猜答。

急着抓鱼去煮的乃良不信，走到丕猜跟前，嘟嘟囔囔说："丕猜！你别开玩笑吧。"

一贯好打赌的丕猜说："打赌好吗？"

乃良也是个好打赌的人，立即精神起来："赌什么？"

"赌一瓶威士忌酒。"

乃良摸摸自己的荷包说:"丕猜,威士忌酒太贵,赌一瓶夜孔酒。"

两人打赌议妥。丕猜解下头上的水布,把它捆在腰间,手一挥说:"下水去!"

两人各执渔网的一端,轻轻地在水里往前走,既听不到提脚走动声,又看不到水面泛起波纹,只见渔网呈"一"字形,不时见到水面一尾尾的小鱼,扭动着轻盈的小尾巴,穿过网孔。突然,"一"字形的网一动。丕猜的脸上一笑,凭他的丰富经验,知道一条大鱼入网了。又往前走,那"一"字形的网又是一动,丕猜的脸上又是一笑。

头家陈撩起裤管急问:"有大鱼吗?"

丕猜高高举起两个指头:"嗬!两条。"

乃良急急忙忙把网拖上岸来,真的有两尾活蹦乱跳的乌鱼。

乃良认输了。丕猜高兴地说:"乃良,夜孔酒一瓶,快买去!"

乃良摸着自己的荷包,脸色难堪说:"现在没钱,等下月发月薪时,再买好吗?"

头家陈看着乃良赌输的狼狈相,把手指一勾,粗声喊道:"乃良,过来!"

乃良的心"咯噔"一跳,以为头家陈又要训他了,怯生生地走过去。

　　只见头家陈的手从裤袋里掏出鼓鼓的钱包来，抽出一张红色的钞票："拿去买酒。"

　　乃良深深地向头家陈合十三拜。

　　头家陈挑选一条最大最肥的乌鱼带回家，其他三条叫他们带回去煮熟配酒吃。

小肥女

　　我的亲戚黛萍和小孙女今天傍晚从广州抵达曼谷，要我到机场接机。飞机正点到达，我却误点了。

　　黛萍见我赶到，高兴地叫"阿叔"。我不好意思地说"来迟了"，便帮她提行李。这时，黛萍发现她身边的小女儿不见了，急得团团转："小静！小静！"

　　"嗨！"小静翘起圆圆的屁股，伸长粗粗的脖子正在看着玻璃橱里的各种精美糕点。

　　听到叫声，小静嘻嘻地奔来。

　　"快叫老叔。"黛萍说。

　　"老叔！"她甜甜地叫了一声。

　　"啊！长得快到妈妈的肩膀了，多大岁数了？"我问。

　　"五岁。"她张开五个小指头。

　　我吃惊，五岁就发福，比一般孩子都胖得早。看体形，她有点儿像个大姑娘了。"多少公斤？"我问道。

她依在妈妈的身旁，把脸朝向另一边，当作没有听到似的。

"四十八公斤。"黛萍代答。

"太胖了，应当减肥！"我说。

她听到"减肥"二字，刁娇的眸子向我瞟一眼，举起食指把自己两个耳孔堵住。

"小静，对老叔不能没有礼貌！"黛萍责怪她。

谁知小静胆敢向妈妈伸出长舌，做了个鬼脸。

黛萍强颜笑道："阿叔，在家里她被爷爷和奶奶宠爱得不成样子。"

"小孩儿嘛。"我顺口说句安慰话。

"她爷爷和奶奶疼得很，她要什么就买什么，越吃越肥。"黛萍埋怨说。

"亚叔，这次到泰国来，我想让小静减肥五公斤，您看能吗？"

我点点头。

到了家里，小静口渴，吵着要喝可乐。

黛萍责怪说："在广州，她奶奶就整天给她喝这个。"

我笑道："小孩儿嘛！嘴馋点儿是天性。"

小静的黑眼珠向我瞟一眼，抿着嘴巴笑了。

一天，我陪他母女俩到百货商场。小静见到冷饮店，就走不动似的。我让她妈妈自己去采购，我牵着小静进冷饮室。

我俩各要一杯可口可乐，小静才低头对准吸管吸两口，就离开自己的座位，到明亮亮的玻璃长柜看摆设的各种糕点，一会儿就转回来说："老叔，给我买个汉堡包，可以吗？"

我不假思索地拿钱给她去买。她端着圆盘，边看那个汉堡包边嘻嘻地笑。

吃完一个汉堡包，她又说："老叔，再要一个！"

这时，我却犹豫了，想起她妈妈要她来泰国减肥之事，便说："饱了吧？"

她摸着肚子，伸出红红的舌尖舔着嘴唇表示："不饱。"

作为一个"老叔"的我，怎能忍看她还没吃饱的"皱脸"呢？我又拿钱给她买了一个。第二个汉堡包没吃完，她又要巧克力雪糕。她边咬着汉堡包，边吮着雪糕，在幼稚的圆脸上荡起可爱的笑窝。

看她吃得那么满足，不知怎么的，我却琢磨起那句俗谚"满足比快乐要略胜一筹"的韵味。

吃完东西，她把油油的嘴凑近我的耳朵，奶声奶气说："老叔！我吃两个汉堡包，可不要告诉我妈。"

"为什么？"

"妈妈会骂我的！"她显得有点儿可怜相说。

我点点头，表示同意。她高兴得张开双手，紧紧把我搂住，圆圆的笑脸紧紧贴在我尴尬的脸上。

一天上午，天气很热。那种反常的闷热天气，似乎预示着一场暴风雨即将到来。我与太太以及黛萍母女驱车去佛教城，一路上，小静坐在前排，一直喊"热"。我把冷气调到最高点，她还喊"热"。我干脆把放出冷气的两扇阀门都朝向她，呼呼的冷气吹得她上衣飘飘地动着，她依然喊"热"。

我不理解地说："热什么？所有的冷气都给你了。"

谁知她指着下半身说："不是上面热呀，而是下面热！"说着她气鼓鼓地撩起裙子，一上一下地扇风，甚至把两条腿盘坐在垫子上。

一时我觉得现在的孩子与从前的孩子完全不同了。过去的孩子哪有见过冷气，不仅没有冷气，而且还要在烈日当空下劳动。于是，我便忍不住，开口讲了一段"苦"给她听。我太太坐在后排，伸出手来，拍着小静的后肩膀说："小静，老叔给你忆苦思甜了。"谁知小静把头扭向左边，两眼直瞪车窗外的风景，两个食指紧紧塞住两个耳朵。

我感慨万千，直摇着头，连连叹息："嗨，现在的孩子，现在的孩子。"

轿车继续飞奔，车内一片寂静。

我打开收音机，正在播送泰国现代歌曲。我怕她们母女听不懂，转放一盘刚从中国带来的《影视热门金曲》光盘。

车里气氛活跃起来。小静顿时像个小音乐家。她的手脚随着音乐而动，她的嘴巴随着歌词而动，唱得像模像样，犹如在唱卡拉OK，全盘几十首歌曲，她竟然全会唱。

"哎呀呀！"我不禁惊叫起来，看她不过是个刚读完幼儿园的五岁孩子，竟能唱这么多歌曲，简直叫我不敢想象。于是我脑海里跳出一个奇异问号："究竟是过去像我那样乖乖的孩子可爱，还是现在像她这样调皮的孩子可爱？"

突然，小静吵着："老叔，我要听《一代女皇》。"

由于我的思绪还没有从浮想中拉回来，依然驾着车，望着前方。

小静毫不客气地伸过手来："老叔不放，我自己放。"

"你会放吗？"

"会，在家里，我就是自己放。"

我望着她那刁娇的脸蛋儿，刹那间觉得她的心灵与个性有点儿像歌中的《一代女皇》。不！说得确切一点儿，有点儿像"家中的小女皇"。

恰巧，这时播音机的磁带播出《一代女皇》，我们之间的"小风波"自然平息了。

游览回来，我们一起吃泰国餐。

我问她："喜欢吃什么？"

"炸鸡腿。"

一盘炸得酥香的鸡腿放在桌上。小静边吃边叫："好吃！"

还不到半碗饭工夫，那盘炸鸡腿几乎被小静吃去一大半。她伸手还想吃，黛萍忙制止："小静，够了。"

小静舐着嘴唇，小眼睛望着我，好像要我表态。

我瞧着她那怪可怜相，便点头："好，扫光它吧！"

黛萍朝我半开玩笑说："老叔，看来你真像她爷爷和奶奶了。"

我拍着小静的肩膀："小静，你说呢？"

小静吃得满嘴鼓鼓的，说不出话，连点三下头。

黛萍和她的女儿要回广州前，我陪她们俩去采购。黛萍想给女儿买件富有泰国风韵的连衣裙。看了看，选了选，几乎所有连衣裙都太窄，没有一件符合尺寸的。黛萍埋怨自己的女儿长得太胖，转身问我："小静来泰国一个月，是肥些还是瘦些？"

我望着小静，似觉比刚来时还胖些，但怕伤着黛萍的心，只好违心地打圆场说："记得你来时，要小静瘦五公斤，现在看来最多瘦两公斤。"

黛萍微笑："会瘦两公斤也好。"

来到一处，正好有一个称秤。黛萍叫小静站上去称。

黛萍一看："哎哟，五十公斤还多一点点！"

小静嘟着嘴，不高兴地走开了。

黛萍追着叫："小静！小静！"

我却怔住了，深深地感到内疚，心想："小静来泰国增加两公斤肉，也许我真的落得像她爷爷和奶奶那样的了！"

剪报

刘芯刚大学毕业，到 K 公司工作。

第一天上班，人事科长带她进董事长办公室。

董事长长得胖墩墩的，头顶像挂着一轮圆月亮。他正在埋头写东西，好像没见到他们进来似的。约莫过了两分钟，董事长抬起头来，瞟了刘芯一眼，见她那双精灵的黑眼睛，就讨人喜欢，便说了一声"OK"，顺手递给她一张名片。

董事长姓刘名海，与刘芯是同宗。一见面，董事长就先认了"亲"，并当面交给刘芯一个工作——每天看报纸，剪报纸。

刘芯从六份华文报、九份泰文报、四份英文报，按政治、经济、文化、教育四大类进行剪贴。董事长看了撇嘴摇头，作了眉批："抓不到重点。"

当晚刘芯翻来覆去睡不着觉。什么是重点？她百思不得其解。一早到办公室，见桌上放着一张剪报，是一篇 A 侨领七十岁大寿的报道，其中有一大串前往祝寿的名单，在刘海的名字下，画了一条红杠。聪明的刘芯突然领悟到：哦，这就是所谓"重点"！

"重点"抓到了，凡是有关董事长的消息，甚至出席一个婚宴，有登刘海的名字，也当作重点剪了。一次，有关刘海赈灾十万铢的消息，在二十八份报纸登了，只差一份。他要刘芯打电话去问老编"为什么没登"。

去年三月二十八日在二十九家报纸同日登一则消息：K有限公司董事长刘海先生荣获美国 PLS 大学博士，还有该大学校长亲自到泰国授予刘海博士帽子的镜头。

董事长看了刘芯送来的剪报，翻着翻着，满眼出现人们向他点头哈腰的场面。于是，他欣欣然，飘飘然，望着窗外高耸入云的大厦，壮志也在腾飞，腾飞！

随后，刘芯在报纸上常见刘海博士慷慨解囊，如向养老院、孤儿院、灾区人民捐献巨款，于是声名鹊起。许多社团、侨团争相聘请他当永远名誉顾问，甚至有几个侨团推选他当理事长。不到三年，他的名字前头挂满大衔，成了社会A级人物。不论开什么会，记者的摄影镜头都对准他，他的致辞，尽管有人讥讽为"侨领八股"，但每当致辞，必在显要版面全文刊登，并附上个人镜头相片。他尝到"名"的滋味，渐渐上了"瘾"。一天不登报，脑子就像有百虫在爬。

刘芯的剪报工作加重了，储存剪报的柜子"爆满"，董事长已同意设立资料库，并点名要刘芯任"库长"。

俗话说"枪打出头鸟"。三月四日，刘芯在某报专栏看到一篇文章，虽没直接点名，但明眼人一看就知道指的是谁。说A侨领博士，三月二日在某大会上致辞，短短不到五百字，就错九处，其中语病五处，音错四处。最后笔锋一转，说A侨领获得PLS学博士，经调查美国没有一所PLS大学。言下之意：这个"博士"是假的。刘芯看完傻了半天，要不要剪，又想了老半天，最后，由于责任心的驱使，怯怯地剪了。

刘海博士一看就恼怒、懊悔，头上青筋暴跳。平时习惯写眉批的他，这次拿起笔来，手指头有点儿发抖，写了几行，又气得把纸揉成一团，狠狠丢进纸篓里。

刘芯吓得马上退出董事长的办公室，心想：下班后该偷偷捡起那纸团看看，究竟写些什么眉批。不料下班前五分钟，女佣把纸篓的纸全拿去烧了。

三愣

外面下着毛毛细雨，一个干瘦佝偻的病人，头上遮着一张旧报纸，步履蹒跚地推开一间医务所的弹簧门。

正坐在案头看《黄帝内经》的李医师，抬头一看，见那新来的病人，正扯下那张湿漉漉的旧报纸，一时觉得，他挂在鼻梁上的那副墨镜显得特别大，特别刺眼。

"请坐！"

"嗯！"

"贵姓？"

"张亚牛。"

"多大岁数？"

"五十九岁。"

李医师伸出三个指头给他诊脉。片刻，又叫他伸出舌头。然后说，"请把眼镜摘下。"

病人似乎没听到。

"请把眼镜摘下！"李医师再重复一遍。

只见病人那干瘪的右手举到耳边，颤巍巍地摘下黑眼镜。李医生不禁一愣：原来他是个"独眼龙"，右边凹陷的眼窝，却不见那颗眼珠子。左边那呆滞的眼睛，只发出直勾勾无神的目光。

李医师张开嘴，想再问下去。却见病人举着颤抖的手，把黑眼镜挂回鼻梁上，嘴里搐起一阵凄酸的蠕动。

"哪里不舒服？"李医师按惯例问诊道。

"没有一处会舒服。"

"吃得下吗？"

他慨叹说："做人真工（辛）苦，过去爱（要）吃无好吃（没得吃），现在有好吃唔（不）敢吃。"

病人搭话绕着圈子，李医师心里却完全理解他的话意，接着问："有消渴病吗？"病人点点头。

李医师安慰病人几句后，便伏案开处方。

"服药三天后，再来看一次。"李医师把一张处方交给病人。

"多少钱？"

"一百铢。"

"医生，八十铢可以吗？"他居然讨起价来。

李医师不禁又是一愣！自己当了二三十年医生，从来是医生说多少，病人就给多少，甚至有的慷慨病人还多给，遇上讨价还价的病人，这还是头一遭呀。李医师心里嘀咕着。

"可以吗？"

李医师不大自然地笑着，点头。

病人拿出一张一百铢。李医师还给他二十铢。病人高兴地推开弹簧门走了。

在细雨中，李医师看着那个佝偻的病人头上遮着旧报纸，步履蹒跚地挤上一辆公共汽车。

李医师站在门口自忖："也许他是个数米而炊的人。"

三天后，不见张亚牛再来看病，但是李医师偶然在另一个地方见到了他。

那天，李医师驾着轿车，到他三十年前读过书的华文小学。这所学校已被封闭近半个世纪，最近即将复办。许多校友和热爱华文的人士，闻讯都赶来捐款。

坐在捐献台前的，正是那个佝偻且戴着一副墨镜的张亚牛。他正在讲述他自己一段求学不幸的遭遇："三十年前，我曾在这所学校读过两个月书，不幸，学校被封。我们组织了华文学习小组，再读不到两个月，波立来抓人。老师被抓走了，我越墙逃跑时，天黑不见五指，一个铁钩把我的右眼球钩坏了。"他讲到这里，声音低沉且沙哑，伤心地从耳边摘下那副墨镜。在座的人的眼光即刻聚成一串光束，焦点全落在他那个没有眼珠子的凹眼窝里。

"读书的人，那是无法理解没读过书的人的痛苦。我右眼瞎了，是痛苦的事。左眼虽能看见东西，但不识字，也好像瞎了一样。"也许他讲得太激动，血脉有点儿亢进，脸上不禁涨红起来。他又摘下眼镜，用手擦去滚动在左边眼里的泪珠。

"现在学校要复办，我报名参加学习，当个胡子学生。"

在座的人都瞪大眼睛，哑然失笑。

"最近，我把一块地皮卖了，想把部分钱捐给学校。"他边说边把放在脚边的皮箱拿上台面来。他那颤抖而干瘪的双手慢慢打开皮箱。

嗬！是一箱崭新的五百铢纸币。

李医师和在座的人都愣住了。

看着捐献台上沓沓的紫色钞票，李医师低头看着自己手上已写好的支票，脸上有点儿泛红，觉得太少了。于是他提起笔来，在数字后面再添上两个零，又在字旁签了名。

过时的种子

一

看完了最后一个病号，我颇觉劳累，跷起二郎腿躺在沙发上。

"哎"的一声，一扇弹簧门被推开。随着几声咳嗽声，便伴有嗓音沙哑的急叫声："老师，老师，在家吗？"

我眼皮不必抬，只听其声，就知道那是我未接纳的"老徒弟"。

"老师，请把把脉，看我得了什么病？"他伸出那条又粗又短又黑的胳膊来。

我推回他的胳膊半开玩笑："你感冒了。"

"老师，你真厉害。"他流着清涕，打了个喷嚏说。

"你的感冒，是淋到雨引起的。"我摸着他微微发烫的额头说。

"是，老师，那天淋雨后，就觉得全身无力。"

我伸出三个指头，在他左右手切了脉，又叫他伸出舌头来。当他张开嘴巴，冷不防几口重浊的咳声冲向我的脸，我扭过头来，伏案给他开处方。

他拘谨地接过处方，戴起老花镜："老师，你开的处方是荆防败毒散加减是吗？"

"是。"我满意地第一次给他赞赏的眼光，同时脑子也开始闪现"过时的种子也许会萌芽"的念头。

他颤巍巍地捧着处方，眯着眼睛，乐得像虾米似的躬下了腰："谢谢老师！"

看他那虾米似的"躬下腰"的礼态，叫我不禁想起第一次见面的往事。

二

五年前的一个下午，我在南美书店看书，耳边响起了刺耳的脚步声。我侧目相视，见到一个又粗又黑又矮，约莫七十岁的老头，几绺黑白相间的散发，稍微遮了前额的秃顶，声音沙哑问："喂！有手心热的医书卖吗？"

这突如其来的发问，售货员互送问号。寂静片刻，有一位女售货员说："没有！"

"哦，这么大的书店，没有卖的吗？"

其中一位认识我的男售货员顺水推舟指着我说："先生，

你去问慕①明。"

"你是慕明吗？"

"是。"

"你见过手心热的书吗？"

我说："专门手心热的书是不会有的，因为手心热只是一种阴虚症候的临床表现而已。"

他摸着秃脑门，皱着眉头，表示听不懂。

我为了帮助他弄懂这个中医术语，在书架上取下《简明中医辞典》，翻出"手心热"的词条给他看。

戴起老花镜，他像小学生识字那样，一字一字读出潮②音来。

"这本东西真好，顶个哑巴先生！"也许由于太高兴，几滴口水滴到《辞典》上。

他付钱后，又转头问我："你看，我这个'黄牛的肚子——草包'，也能学会中医吗？"

"你学中医吗？"

"嗯，我小时候是在黄连水里泡大的，没读几年书；现在老了，孩子都大了，在家没事，想找点儿医书看看。"

---

①慕：泰语，医生之意。
②潮：此处指潮州。

我出自对他的鼓励："古代有不少医家，如张元素、朱丹溪等，都是自学成才的。"

这些话在他听起来，像"三把锁匙挂胸口——多开心"。

他说："也许我们前世有缘，今世才能相遇，我就拜你做老师吧！"即刻他以一厢情愿的决定，而不看我的头是点还是摆，就"老师长、老师短"地叫起来，弄得我不知如何是好。

临走时，他虾米似的躬下了腰，说往后要常到家请教。

我望着他的背影，居然萌起过时的种子能在医林中萌芽的问号。

三

自从那天之后，他时常来电问这问那，从中医的基本理论到疑难杂症，从药物的配伍到经络穴位。

过了三年的一天，他"噔噔噔"上门来了。

"老师，请到我家看我妈。"

"你妈患什么病？"

"今早好好的，下午忽然半边不会动！"

他用轿车接我到他家，床上躺着一个吃佬叶的老阿婆，年近百岁。

我诊断后，觉得她的病情并不很严重，只要对症下药，配合针灸，很快就会好起来。

于是，我想在临床中考考这位"学生"："你妈患的什么病？"

"中风。"

"是中经络，还是中脏腑？"

"我看是中经络。"

"为什么？"

"主要是没有昏迷。"

我满意地点点头，频频给他赞赏的目光，但他却腼腆低下头："你看怎样治？"

"你先说说吧。"

"老师，能不能以涤痰通络为主，佐以益气、养阴、活血祛瘀等法。"

我没等他说完，拍着他的肩膀说："好！这个治法对头。"我拿出一张白纸要他开处方。

他摸着光秃的脑门："老师，我看不行吧！"

"行，你就试试。"

"老师，能不能用牵正散合导痰汤加减？"

我略思片刻："好，但要重用钩藤。"

他憨憨地在白纸上，一笔一画开出第一张处方；之后，看了又看，念了又念，生怕有所错漏："老师，你再看一遍。"他的声音有点儿颤抖，不知是太紧张，还是太高兴。

我在他开的处方上签了字："先服三剂。"

"老师，除服中药外，可不可以配合针灸？"

"当然可以。"我望着他，又想考考他。

"老师，可不可以针肩隙、曲池、足三里、昆仑等穴。"

"嗯，但都要用阴阳交替法。"

我拿出几根银针："你先试针给我看看。"

"老师，银针我有。"他拿出华佗牌的银针来。

开始，我以为他要在他妈妈身上试针。谁料到，他却往自己的身上扎针，边扎边问："老师，这样扎对吗？"

我看他扎几针的手势都对，便鼓励他大胆地在他妈妈身上用针。

他拿起银针的手指颤抖。

"老师，不行呀，还是你来！"

我把着他的手，对准他妈妈的身上直刺三针……

自那以后，他妈妈的病，我就放手给他自己去治疗。

三个月后，他牵着妈妈的手，亲自登门来道谢！

我叫他有时间到我诊所来，多学点儿临床经验。他摸着光秃的脑门，高兴得像考上名牌大学似的，赶忙拉着妈妈的手，虾米似的躬下了腰。他妈只躬一下，而他却连躬三下，连说三句："谢谢老师！"

寂寞病

电话铃响了。

"哈啰！"

"哈啰，你是慕钟吗？"

"是！"

"有空儿吗？请来给我看看病。"

听声音，就知道她是李太太。半年前，她因不慎跌伤了脚，故来电请慕钟给她治疗。经过针灸、敷药、服药，不久她便痊愈了。

今天，她又来电话，要请慕钟到她家里看病，究竟是什么病，她在电话中没说。

慕钟驾着轿车来到她的别墅。一个既黑且肥的女佣出来开门，随身奔来一条大狼狗。

哈，这条狼狗还认得慕钟呢！它高兴得频频摇动那条似会说话的尾巴。

慕钟踏进客厅，那笼里的鹦鹉，欢跳地叫着："沙越哩①！"

　　这时，从房间传来李太太的声音："慕钟，能把你请来真高兴，你看，那鹦鹉也向你说沙越哩了！"

　　初看，慕钟发觉李太太虽然两耳还垂着那对闪闪心形的红宝石耳环，但眼角的皱纹已增多了，脸上的笑意掩盖不了那层空寂的愁容。

　　"请喝茶，慕钟。"

　　他们相对而坐，边喝功夫茶，边聊家常。

　　"孩子呢？"慕钟问。

　　"大孩子与他的洋妻子回美国去了，二孩子还在英国当教授。女孩已经出嫁了。"

　　"李先生呢？"

　　"嗯，他不幸于十月二日先走了。"

　　"他患了什么病？"

　　"心脏病突然发作。"李太太顿生悲哀，泪水夺眶而出。

　　慕钟凝视着左壁上安放着的李先生的遗像及灵位。

　　片刻，慕钟转移话题："近来，李太太身体可好？"

　　"自从李先生去世后，身体一直不怎么好，西医查不出什么病。所以今天请你来把把脉。"

---

① 沙越哩：泰语；您好之意。

慕钟伸出三个指头给李太太把脉，觉得其脉不浮、不沉、不大、不小、不缓、不急，来去从容，不属病脉。

凭慕钟的临症经验，像李太太这种病，是按其脉，不知其病的，是一种现代社会老年人的流行病。但他不好直接说出口，只好对李太太安慰说："看你的脉象还属于正常的呀。"

"慕钟，也许我的病碰到医生，就自动好了。"两人相视而淡然一笑。

慕钟给李太太开了一张药方，说："药可服，也可不服。但主要要想开点儿，散散心。"

即刻李太太的脸上仿佛蒙上一层孤寂和凄愁的面纱，抱起依偎在她身旁咪咪叫着的波斯猫，说："我的散心，就只有这些猫呀、狗呀、鸟呀。"

她讲得怪可怜的，似乎终日除了与这些东西玩玩外，便如鲍照在《孤雁》中所说的"更无声接续，空有影相随"了。

他们俩不觉谈了两个多钟头，慕钟想告辞，李太太强留他吃晚饭。临走时，李太太递给他一个红色的信封："这是一点儿先生金①！"

慕钟不肯要。她却硬塞进慕钟的口袋说："收起，不然今后不敢再请你来啰。"

———————————

①先生金：泰语，酬谢费之意。

三天后，电话铃又响了。

　　慕钟拿起电话筒，又听到李太太请他去看病的声音。他若有所思：当今社会上像李太太所患的这种"寂寞病"，说是请医生看病，实际是请医生聊天，寻求解除内心的寂寞。于是，他不禁自嘲道："我将要成为一个聊天医生了，哈哈！"

一坛老菜脯

元旦前夕，老伴在清扫菜橱中，"清"出一个旧坛子，递给我说："你看看，里面是什么东西，如果没用，就把它丢了。"

我打开一看："哟！是一坛老菜脯。"

"我家怎么有这东西？"老伴皱起眉头。

记忆像打火机，一下子在我脑壁擦亮："哦，那是七年前一个老病人送给我的。"

看着这坛老菜脯，令人想起1989年的一天夜里。在睡梦中，我被电话铃声唤醒。这是医生常遇到的事。在话筒中，传来一个女人的声音，说她是从北榄坡打来的长途电话。

"你是谁？"

"记得吗？半年前，我常陪我妈到曼谷找慕曾治脚膝酸痛。"

"噢，是冯大妈的女儿。"刹那间，从我脑子的"库存"

里"跳"出母女的影子来。

"是，慕曾。不知怎么的，我妈今晚半夜起床上厕所，突然昏倒，半身不能动。"

我想到她妈有高血压病，又是八十多岁了，忽然中风，有可能导致死亡，便建议："马上进医院！"

谁知对方的声音，即刻变为哽咽："妈……不愿进医院。"

我便急问："那怎么办？"

"妈说……"她啜泣了几声继续说，"妈说，要请慕曾来看。"

我张大嘴巴，一时怔住了。脑子突然冒起"去还是不去"的问号。去吗？路途那么远，乘冷巴①也得四个多钟头。不去吗？内心似觉有点儿"见死不救"的隐痛与负疚感。

在踌躇间，无意中我往壁上的挂历一瞥：明日是万佛节。也许由于一个医生固有的恻隐之心驱使，也许由于明天是假日，我便在电话中答应了："明天乘最早一班冷巴。"

"谢谢！我在车站等！"啜泣声顿时变成感激声。

到达目的地，她已在车站等我了。由于她很胖，我俩差点儿坐不下一辆三轮车。

路上，我向她了解到她妈的一些病情与她的身世。她出

———————

①冷巴：指开冷气的长途客车。

生不久，父亲便去世了，母亲靠搓"尖米九"过日子。小时，母亲养她，后来母亲老了，她养母亲。两人几十年相依为命。现在她已属于嫁不出去的大姑娘了。

到了她家里，又叫我吃了一惊，原来她母女住的是这样简陋的木屋，在曼谷似乎只有在孔堤贫民窟那里才能见到。不知怎么的，未进屋里，心里头便有种酸溜溜的滋味。真的，如果没亲眼见到，似乎还不相信至今在泰国的华侨与华裔中，还有住这样差的房子的。

病在床上的冯大妈，见到我来了，激动得"挣扎"着要坐起来，无奈半身不遂，只见好的半身的手脚"动"了一下，歪斜的嘴唇也颤抖地"动"着，"激"了老半天，才说出两个单字且又失准的潮州音来："医……生……"随之她口角流涎，眼里噙出泪水。

经过"望、闻、问、切"的诊断，我认为她的病情还不是那么严重，近乎属于"小中风"之类。我以中医经络手法给予施治，并在头部穴位放血。

当晚，我便乘最后一班冷巴赶回曼谷。她女儿送我到车站。临走时，她把早捏在手心的一个红信封塞给我："这是一点儿先生金！"

照常，我都会说声"谢谢"便收下了。这次，我想起其家境，却"心慈手软"，觉得应当特殊处理，给予却酬。我塞还给她："留着给你妈治病。"她硬不肯，又塞过来。由于她个子肥大，手臂又有力，塞来塞去，我拗不过她。于是，我急中生智，只收下信封，把酬金还她："好，我收下了。"

"这怎么行呢？"

"行！我已收下你们的心意了。"

一时，她怪不好意思，接过钱的手，不知要放在哪里，也许她自生以来就没有遇到此种"优待"吧！

等到车开动了，她仿佛才从"梦境"中醒过来，挥动着那双粗且大的手，向我送别。

医者常道："医，仁术也。"此次，我虽"白"走一趟，连车费还自己掏，但却有一种"一方济之，德逾于此"的满足感，精神快乐感！

事隔一年多，有一天，我又接到她从北榄坡打来的长途电话，说她妈妈的病好了，明天有事到曼谷，顺便到慕曾家里坐坐。

当然，我表示欢迎。

也许是医生惯用视觉诊察病人的神、色、形、态之故，她妈一踏进门槛，我就发觉她的右脚还有一点儿"跛"，但想到她年龄如此之大，中风后还能恢复到如此好的程度，已是不简单的事。这不仅有赖于药物治疗的作用，而且还有赖于本身的精神力量以及顽强锻炼的精神。

见面时，双方都很高兴。她妈叫着自己的女儿，把家里带来的东西送给医生。可她女儿又怪不好意思，把东西推给她妈，自己掏出手帕擦汗。

"医生，你看我这个女儿，刚才在家时，就不愿把这坛东西带来。说这样的东西，不像礼物，太小气，很难看。"她母亲喃喃地说着。

她女儿有点儿忸怩起来，脸上泛起几分羞意，低下头说："妈，别说啦！"

可她妈说得倒来劲，把一个肚大口小的陶具捧到我的面前说："先生，请别见笑，这是我几十年前自己腌的老菜脯。"

"哦，是大妈亲手腌的，难得，我得尝尝。"我边说，边伸手去接过坛子。

"哟！这坛子已像个古董了。"我打开盖子，见满坛的菜脯压得严严实实。平时我们见到的菜脯是深黄色的，可这坛老菜脯，由于藏得久了，却变得黑油油，似木炭。我抽出一条来，哈！既长且软，表层附满细盐。我用手撕断一小块放进嘴里，嚼之，软中带韧；咬之，咸中带甘，香中带凉。

"好吃！"我点头赞赏道。

这句平平常常的赞语，在她母女听来倒很不平常。原来她女儿嫌不像"礼物"，不好拿来赠送；而她妈虽一片心意，却不知道我是否喜欢，故她们一听到"好吃"的赞声，母女感情拉平了，相视而笑，笑得似自己在咬老菜脯那样香甜。

然后，我笑着说："菜脯，是潮州人的叫法，而普通话叫萝卜干。"

她们俩听得眉开眼笑，好像是第一次听到似的。

"萝卜，在本草学上叫莱菔。它的种子，叫莱菔子，是中医学用的消导药。"我顺嘴说之。

谁知她妈似全听懂似的，插嘴说："老菜脯也可治肚胀呀！"

"是吗？"

"医生，能治病的菜脯，要越老越好。邻居常向我讨吃，一吃肚胀就好了。"

她女儿用手扯着妈妈的衣角，好像暗示说："人家是医生，怎能说这些？"

可是，她妈全然不理会，继续向我谈了老菜脯治腹胀肚痛的几个病例。

我半开玩笑说："看来，大妈是半个医生了。"

只见大妈笑得很开心，很自然；而她女儿却笑得很尴尬！

看她妈对菜脯治病说得那样来劲，我也讲了莱菔子在"消食导滞"方面的功效与应用。

这一讲，她女儿倒睁大一双黑眼睛，听得很入神。可她妈也许听不懂，说要上厕所去。

告辞时，我收下她们的"礼物"——一坛老菜脯，也收下她们一片真情。

至于老菜脯能不能治肚胀的问题，我翻阅了几部本草学，却没直接记载，只说到莱菔的功用主治。如《本草纲目》："主吞酸，化积滞，解酒毒，散瘀血，甚效。"

于是，我只好当作"存档"，原封不动地把这坛老菜脯置于菜橱里。岂知，一置就七年多了。

今年春节，由于食得过量，加上大鱼大肉肚子里总觉不大爽，似胀似满，似痛非痛，似泻非泻，服了些便药，也时好时坏。于是早餐倒想吃潮州粥。端起一碗似半流质的白粥，又想起小时在农村常吃稀饭配菜脯，便从菜橱里取出那坛老菜脯，截了半条，洗净，配"白粥"吃了。也许是久没吃菜脯，也许这老菜脯腌得到家，富有一种其他佐餐小菜无法比拟的独特滋味，由舌尖到口腔，由食道到胃肠，那种咸中带甘、甜中带香的味道，清爽可口，胃液大大分泌，比什么山珍海味都好吃。我连续吃了两碗热稀饭，汗水涔涔，感到特别舒服。之后，腹部一切不适症状消失，恢复正常。

当然，从医学角度来看，单有一两个"病例"不足以验证老菜脯的功效；但想到民间饮食疗法，是不可轻视的，它也是一个"宝库"。

故此，我有点儿后悔，当时没问清楚冯大妈的老菜脯是如何由萝卜腌制而成的，又需封藏多久才有药效。

我想写封信问她，可屈指一算，她已将近九十岁了，不知还健在否？

巷口转弯处

从马路转入这条小巷，其转弯处形成一个 S 形，宽度只有四米，无形中成为考验驾车者技术高低的试金石。

此巷并不长，只住了十几户人家，但每户至少有一部小轿车。因此每当早晚，这巷口的转弯处，常出现堵车现象。

一天傍晚，陈医师驾着车到转弯处，见到前面一部车驶来，只见车头，他便先停住了，然后缓慢退车。前面的车也缓慢倒退，出现双方让路现象。双方都见没车驶来，又都开车向前。哎哟，两辆车头，险些相撞。

瞪大眼睛的陈医师，见对方的车内坐着巷里的前民代某部长。点头、微笑，以示打招呼。对方也同样还礼。

此时此刻，各自的车，谁进谁退？

照常理是"民让官，小官让大官"，何况遇的还是大官呢。

当然，陈医师毫不犹豫地将车倒退，不料部长也示意司机把车向后退。陈医师踌躇，迟迟不敢前进，而部长的司机却从车门伸出手来，示意对方的车向前，而自己把车渐渐退了。

在这一进一退中，陈医师心灵刹那一闪，觉得"只许州官放火，不许百姓点灯"的俗谚似乎过时了。现时民代的"官"，多少带有"民"的味道。因为他们当官要赖选票，选票又要赖民心。因此，身为民代的官，不仅不敢随便"放火"，必要时还得帮助"百姓点灯"呢！

善于跳跃思维的陈医师，缓缓把车驶前到巷口，举手向部长谢意。

部长司机也举手，示意陈医师的车停一停。

俄顷，部长的司机戴着黑眼镜走过来，恭恭敬敬递给一个信封，示意是部长交给的。

这时刚好一辆民代选举的宣传车开着高音喇叭经过，陈医师又瞥见巷口挂满选举民代的海报，其中也见到这位部长的标准头像。他对着送来的东西不禁一怔："这莫非是银弹！"

在接与不接之间，又一闪念："接，怕受贿；不接，怕失礼。"他疑心重重，轻轻接过这封信，骤然，他的心像灌了铅般沉重。

当他要打开信封时，又一闪念："假如真的是'红包'，我可能不会去投他的票。"然而，他又一想，"不会吧，'红包'也不会自己出面。"

于是，他战战兢兢把信封拆了，绷紧的方方正正的国字脸，随即松弛下来。原来信封内是一张便条，写着："竞选很忙，没有时间去医院，晚上九点，我到您家看病。谢谢！"

陈医师敲着自己的脑袋，自嘲说："我又患上神经过敏症了。"

部长的车缓缓驶进巷口的转弯处，旋即不见了，但部长那黑黝黝的笑脸，却在陈医师的眼瞳里渐渐扩大。

当陈医师的车将开动时，又一闪念："这位前民代部长，在人生大转弯时，在人格上还不会越轨，他可能依然会当民代，依然会当部长。"

一块小小的青草地

白天，某房地产公司的办公室灯光通明。推开弹簧门，头发梳得光亮的郑经理走进来。

素真小姐趋前："经理，第十三号陶豪老不愿来交分期付款金。"

"几期了？"

"已三期。"

郑经理双腿交叉，坐在沙发靠背椅上。

素真小姐递了一本预订户的花名册。

翻看第十三号陶豪的预订户，郑经理心头不禁一怔：原来是他的老同学、老恋人——黄映澄。骤然，在他宽广前额的眉宇间皱起三条深深的沟纹。

在他记忆里，黄映澄是当时某大学的校花，他们俩都曾在心灵中"热恋"过。但也许由于没有"婚缘"，大学毕业后他们各奔前程。她嫁的丈夫因车祸而早早先走，留下一个女孩与她相依为命。长期住在公寓，少见阳光，不见树木，不见草地。因此，那天，她来看了房子的模型很中意，高兴地说："我一辈子有了这样一间屋子，前面有一块小小的青草地，就满足了。"但现在她为什么只交了预订金和三期付款金，共六万铢，就不再来交款了呢？公司去信她没回，挂去的电话没人接，这究竟是没钱付款，还是发生了什么意外的事呢？

一天傍晚，郑经理亲自到公寓去找她。房门锁着。经打听，她已患晚期肝癌，现住某医院四零三房。

"咚咚"。一个小姑娘来开门，合十一拜："郑叔叔，沙越里卡[①]！"

郑经理摸着小姑娘的头："你妈病得怎样？"

"妈……"精灵的小姑娘掉下几滴眼泪来。

只见病床上躺着他的老同学，脸色枯萎如同一张干瘪的黄菜叶，深凹的眼窝似放着两颗变了血色的眼珠，鼻孔里插着氧气管。

郑经理轻轻地叫了一声。她眼珠缓缓移动，伸出干瘪的左手来。两只手轻轻地握着，传递了心灵的问候。她嘴角颤抖地动着，但总听不出来她说些什么。

---

①沙越里卡：泰语，您好之意。

站在郑经理身边的小姑娘，好像知道妈妈要说些什么话："郑叔叔，妈妈常说，妈订的房子前面有一块青青的小草地。等妈病好了，搬进新房子。清早，踏着草地上的露水，打太极拳。晚上坐在草地上看天上的星星，讲故事给我听……"

白云般纯洁的小姑娘天真地讲着，两个大人静静地听着。一个似乎舍不得离开人世，气息奄奄，还在做着那剩余生命的顽强挣扎。一个似乎看到人生酸苦，好端端而渴望生存的她，奋斗半辈子，生活有了好转，而且将有新房住，却不幸患了绝症，很快将离开人间。

这时，郑经理微微觉得心气低沉，伸手把小姑娘紧紧搂在怀里，好像这一搂能宣泄积在心头的酸痛。他低声在她耳旁说："要好好地治疗，关于房子分期付款的问题，你就放心，我会替你解决。"

霎时，只见她那瘦脸似乎有点儿血色，眼珠似乎有点儿亮光。是呀，她可能想着病愈后还能拥有那间房子与前面那块小小的青草地呢！

告辞后，郑经理走出病房门口，正好遇到她的父亲。双方站在一旁，谈起处理后事的问题。

她父亲说："准备火化。"

"为什么不土葬？"

"土葬很贵，最少一穴墓地也得六万铢。"

"六万铢，我来付。"

"为什么？"

"因为你的女儿，生时很想有一块小小的青草地。死后就让她拥有一块小小的青草墓地吧！"

她父亲愕然。

两只手紧紧握着，两颗心突地都泛出一股凄楚的感觉。

家 规

　　这是一家店龄至少有半个甲子的杂货店。自从不远处开了那家名牌大百货公司后，这家小店的生意几乎全被抢走了。

　　一天中午，高高瘦瘦的店东，戴着老花镜，托着算盘，"嘚嗒嘚嗒"地清点店里的存货。他看着架上的不少货物积压在那里，陈旧了，有的甚至蒙上了一层灰尘，便感叹说："看来非改做其他生意不可了。"

　　改做什么生意呢？他眉头一皱，却想起他父亲曾给他定下的"家规"。

　　不料这时他的独生子威讪兴冲冲地走到他跟前："爸爸，你说要改做其他生意，我想去养猪最好，因为我毕业于农业畜牧专业。"

　　"什么？去养猪？"他爸爸愣然地瞪一眼。

　　"是。我说的养猪是办现代化养猪场。"

"办现代化养猪场，就是养出许多猪来给人家杀吗？"他爸爸把眼睛瞪得圆圆地问。

"是。这种养猪事业很有发展前途。"

"哎呀！那算什么前途？那所赚的钱都是积恶钱银。"

"爸爸，那不是抢，不是偷，怎么能说是积恶钱银？"

"孩子，你想想，养猪捉去杀，杀生不积恶吗？"

威讪听了"扑哧"一笑："爸爸，你这么一讲，我们连吃猪肉也积恶了。"

他爸爸没正面回答，只是顺口引用《三国志》中的一句话："善积者昌，恶积者丧。"

威讪也想引用美国爱默森的话"人类一切赚钱的职业与生意中都有罪恶的踪迹"来顶他，但想说又不敢说出口。

晚饭后，父子在闲聊间，威讪无意中谈到他岳父很有办法，能从"内部"搞到一张开当铺营业证。

"多少钱？"

"七百万铢。"

"那还不算贵。现在有人转售，一张近千万铢。"他爸爸好像很知内情地说。

威讪心中一喜："如果我们的店改开当铺，岳父说能搞到营业证。"

"什么？开当铺？"他爸爸又愣然地瞪着眼问。

"是！爸爸，我曾用电子计算机算了，如果改行开当铺，一个月所赚到的钱就是几十万铢。"

"……"他爸爸不知道是激动还是生气，只把眼睛瞪得圆圆的，一时讲不出话来。

"爸爸，岳父说，开当铺是一本万利的生意呀。"

"知道，可那所赚的钱，都是积恶钱银呀！"

威讪一时摸不着头脑地问："为什么？爸爸！"

于是他爸爸把那龟裂的手搭在孩子的肩膀上，讲起过去一件伤心事。四五十年前，他刚到暹罗，没有钱做生意，旧篮里只有一条新蚊帐，结果只好采用这样一个办法：早上拿着这顶蚊帐到当铺抵当，换到的一点儿钱，便去买些水果，挑到街头巷尾叫卖。傍晚又把赚到的钱，到当铺把蚊帐赎回来。这样一"当"一"赎"，没有多久，就再没钱去赎回抵押品了。结果没蚊帐，晚上尽被蚊子叮咬，不幸患了登革热①，差点儿没了命。

谁知威讪听了又"扑哧"一笑："一条蚊帐拿去当，有人要吗？"

"当然有，那是以前的事。"他父亲的心似乎还在发痛，还在流血。

"爸爸，现在大家当的东西不是蚊帐了，而是名牌表、

---

① 登革热：泰语，出血病。

名牌照相机、金首饰……"

"当然时代不同了，所当的东西也不同，但进出当铺的，难道有富人吗？"

"……"威讪支支吾吾，躲到一边去玩电脑了。

他父亲觉得是时候了，应把祖辈所遗留的"家规"告诉孩子。于是又把那龟裂的粗手搭在孩子的背上说："你有雄心壮志发展大事业，那是好的，但要注意，所选择的事业与生意：一不能有积恶，二不能有杀生。"

威讪回过头吃惊地问："这是谁说的？"

"这是你公公去世前所说的。"

威讪冷冷一笑："爸爸，按照这样选择事业和生意，恐怕就会像爸爸一样一辈子做小生意。"

他爸爸一听，愣住了，珍藏在心中的"家规"像玻璃瓶掉到了地上——碎了。

互考

夜幕徐徐拉开的时光。

在灯光下，饱经风霜的林海伯，戴着老花镜，独自在欣赏不久前到北京旅游时所拍摄的照片。其中有一张他最喜欢的，即昂首站在逶迤的万里长城上。他看了又看，端详了又端详，仿佛自己当了"好汉"那样自豪与骄傲。

这时，从书房里传来孙女的琅琅读书声。童心犹在的林海伯，灵机一动，脸上的皱纹坦荡着笑意，拿着那张得意的相片，想考考孙女去。

"小妮，你看这张相片。"

"公公。"小妮的黑眼睛一闪。

林海伯花白眉毛下的眼睛一眨："小妮，你看阿公照得怎样？"

"很好！很好！公公站得直不弯腰，很像个好汉呢！"

"呵呵呵！"林海伯被小孙女一夸奖，喜不自胜，渔网纹的脸荡漾着满足的神色，"好了，好了，现在公公想考考你……"

"考什么？阿公！"小妮的黑眼睛一转。

"你已读了几年华文书，你看得出这张相片在哪里照的吗？"

"万——里——长——城！"小妮把每个字拉长一拍地答。

"很好，给一百分。"林海伯乐得脸上开了花。

"公公！什么时候也带我去看看长城，好吗？"

"好好！等你毕业了，公公一定带你去看。"于是林海伯像小孩子一样，手舞足蹈地讲述长城是如何的壮丽，如何的伟大，如何的绵长。

小妮托着下巴，凝神地听着。当公公讲到长城的长度时，小妮的黑眼珠滴溜溜地转动："公公，长城有多长呀？"她也想考一考公公。

"哦！很长！很长！长到见不到边。"

"公公，究竟有多长呀？"小妮故意再追问。

"这个……这个……"林海伯霎时脸皱成个大疙瘩，老半天"这个这个"，就是讲不出个具体长度来。最后，他勉强做了一个手势："那长嘛，咦！长到佛统府①。"

---

①佛统府：离曼谷不到四十公里路。

小妮"扑哧"一笑，扮着鬼脸，也做了一个手势。

林海伯瞪眼一看，嗨！是个"大鸭蛋"。他脸上露出难为情的憨笑。

此时此刻，正好小妮的父亲走进来。

精灵的小妮，即刻把答题"丢"给父亲："爸爸，你读这课《万里长城》给公公听！"

他爸爸一看，皱着眉头说："是华文，我看不懂。"

小妮眨着困惑的黑眼睛："嘻嘻！爸爸不懂得华文呢！"说着，又把课文递给公公。

公公的眉头，皱得像老树皮那么深："我哪有读过书呀！"

小妮又眨着困惑的黑眼睛："哎哟！阿公也看不懂。"

顿时，书房像个严肃的考场，一家三代人，由于所处的背景不同、环境不同、条件不同：公公小时家穷，没钱读书；父亲上学时，华校都被封；孙女适逢华校复办，有了机会学习华文，因此，在回答这一"答案"时，呈现出三副不同的表情。

在寂静中，只见小妮的黑眼睛晶莹闪烁，像一棵在热带黑土地上苗壮成长的小树苗，高声地朗读着："长城全长五千余里……"

社会的眼睛

昨晚，坤发的新轿车停在巷里被偷走了。

警署派了两位警察来侦查，四只冷峻尖利的眼睛，熠熠溜转，也未发现一点儿作案的蛛丝马迹。

一天，下着小雨。坤发撑着雨伞，来到某路旁的小摊贩吃粿条①。

刚坐下，他耳边听到有人窃窃私语：

"这是一把新车的钥匙。"

"什么牌子？"

"丰田。"

"有车牌号和住地吗？"

"都在这里了。"

---

①粿条：一种泰国小吃。

坤发的眼睛警惕地向那角落斜视，只见一位穿灰色制服的汉子，眉眼一挑，诡秘地把一张纸条塞在另一位汉子的手里。

"OK！"接过纸条的汉子，眼睛一眨，走了。

穿灰色制服的汉子，转过头来，指着桌上吃过的两个空碗："阿伯，算钱。"

这一转头，正好被坤发见到个正面：那人绿豆小眼，下巴有一颗黑痣，好像在哪儿见过面，但一时想不起来。"阿伯，来一碗鸭肉粿条。"坤发说。

颈上盘着一条白毛巾的粿条伯，应一声，走过来，见到是老顾客，满脸开了笑花说："老弟，怎么很久不来光顾了？"

"阿伯，现在自己没车，来不方便呀。"

"哦，你的汽车呢？"粿条伯张开掉了一个门牙的嘴巴问。

"被人偷了。"

"被偷了多久？"

"两个多月了。"

粿条伯边擦桌面边说："现在可要小心，路边看管停车的人，有的本身就与偷车集团串通的。"

这句话似一盏灯，点亮了坤发的心窍，使他想起两个月前的某天曾把车停放在某路旁，保管人要他留下车的钥匙，以便调度停车的方便。那人似乎就是刚才下巴有颗黑痣的人。于是，他问："阿伯，刚才那个下巴有个黑痣的人，你认识吗？"

"认识，他是某路汽车保管员，最近搬到我家附近的公寓。"

正当粿条伯张口要再说时，突见半蹲在角落洗碗的粿条姆射来一束疑惧的眼光："喂，有人进来吃东西了，快快去卖！"

"嗯！"粿条伯应一声，拔脚走了。

坤发悄悄地溜一眼，不见有人来吃东西，顿然心里明白：这是粿条姆怕事而说的岔开话。

他边吃鸭肉粿条边想："算了吧！当今的社会，一旦东西被偷了，就往往如泥牛入海——无影无踪。"

雨停了，坤发付了钱，怅然若失而离去。不料走了二十几步远，背后却响起气急的喊声："老弟！老弟！"坤发回转过头，只见粿条伯手上举着他的雨伞大步追来，"老弟，这是你的雨伞吗？"

粿条伯趁交还雨伞之时，猝然向他小声说了那个下巴有颗黑痣的人所住的公寓和房号。

坤发双手合十表示感谢，却见粿条伯摆着手，射来一束寻常的目光。

此时此刻，坤发觉得这束"寻常的目光"似乎闪着率直与诚实的灵光，它似来自星星点点而不寻常的社会眼睛。

种子

夕阳反照某华校金光闪闪的校牌。入学的新生，都静静地坐在课室里，等待上第一堂课。

第三班的课室门口，突然走进一个"胖妈妈"，学生以为是老师来了，正要"起立"时，只见她皱褶的眼角，露出不好意思的笑意，猫着腰，走到最后一排，静静地坐下。

她的"静"，却引起其他同学的"动"：有的回转头去看看，有的围绕着她的"老"而喁喁私语起来。

这时，从门口又走进一个心形脸蛋儿，眼里含笑，约三十岁的女人。

随着一声"起立"，全班二十几位同学，都毕恭毕敬地站起来。可是那位"老妈生"，由于太胖，动作笨重，站起时，不慎绊倒自己的座椅。砰然一声，又搅乱了教室里的肃静。

举止娴静的老师，把明亮的目光投向最后一排，不禁一愣：班里竟有这样老的学生，在中国还未见过。

笑眯眯的胖妈妈，抬起柔和仁爱的笑脸，也不禁一愣：这位老师好面熟，像在哪里见过。

上课时，老师自我介绍，说她原在北京语言学院任教。姓李名文静。

"李文静？"胖妈妈的眼睛霎时亮起来，"莫非她是我四十年前李老师的女儿？"

那晚，她回到家里，翻箱倒柜，找出李老师赠给她的相片。一幕往事在她脑海里重演——20世纪50年代，当她还扎着两条小辫子的时候，华校纷纷被关闭，她转而参加夜里的学习小组。

当时教他们的老师，隐了自己的名字，只说她姓李。有一晚，正当他们跟着老师念"摇摇摇，摇到外婆桥，外婆叫我好宝宝"时，骤然警察破门而入，不分青红皂白，把李老师捉走了。当李老师被驱逐出境时，她怕老师船上口渴，没水喝，特地买了一个椰子："老师，椰子水最干净。"老师接过去，喜不自禁地一笑："我要把它种在中国的土地上。"然后，李老师拿出一张黑白相片送她，相片背部写着："要像一粒米丘林的种子，在什么恶劣的环境下，都能生长！"

时间一晃，小姑娘已变成胖妈妈。而李老师那心形脸蛋儿，眼里含笑，胖妈妈越看越像今晚刚来的李文静老师。于是她决意拿那张相片给新来的李老师看看。

真是无巧不成书。第二天上学时，在校门口正好撞见李老师，谁料，李老师先向她打招呼："你是陈华同学吗？"

"哦！李老师，怎么一下子就认得我？"

"因为昨晚第一次见到你，就给我很深的印象。"

"嘻嘻！"胖妈妈不好意思地傻笑着。片刻又见她皱褶的眼角泛起傻乎乎的笑纹："嘻嘻！老师，你真像四十年前教我的李老师呢！"

"是吗？"李老师的心形脸蛋儿，粲然一笑。

"李老师，这像不像你呀！"胖妈妈拿出那张珍藏四十几年的相片。

"哦，她是我的妈妈呀？"李老师的笑脸顿时呈现几许的惊愕。

只见胖妈妈情不自禁地拉着李老师的手问："你妈妈可健在？"

这一问，竟把一时"机缘巧合"的欢乐气氛荡去。

"妈妈刚去世不久。"

"什么时候？"

"在我被聘请来泰任教之前。"

两人沉思、静默，嘴角都掠过凄楚的痉挛。

还是李老师打破了沉默："我妈在临终前，知道我来泰任教，高兴地说，在那里她还有许多学生，这次去湄南河畔，一定要捧着一颗心来，不带半根草去。"

"是呀，这里的学生都很想念李老师呀！"胖妈妈鼻子有点儿酸，吐出一句深情怀念的话来。

上课铃响了。师生并肩走进灯光通明的课室。

李老师站在讲台上，又把明亮的目光投向最后一排，觉得这位"老学生"，像一粒摧而不残的种子，依然顽强要萌芽！

胖妈妈也抬起柔和仁爱的笑脸，觉得这位眼前的李老师不仅相貌，而且性格都像她妈妈。真是什么种子开什么花，什么种子结什么果。

漏水

又是雨季来临了。

钟嫂又在丈夫的耳边啰唆："去年下大雨，二楼漏水，小孩的被褥都湿了，你还不趁早叫人来修理。"

翻了一个懒身的钟明，从被窝里发出闷声："现在修理工难请，明天我自己来修理算了。"

第二天，正好是假日，钟明一早接到一个电话，说"有事"，便驾着小轿车要出门去。

钟嫂扳着车前门急追问："漏水的事，你什么时候修理呀？"

"明天。"

"嗯！明天又明天，你到底有多少个明天？"钟嫂脸上已有几许愠色。

"嘻嘻！"钟明丢下一声傻笑便走了。

眼看又要下大雨了。钟嫂急中生智："男人能做的事，女人也能做。"于是，她长裙换短裤，当起泥水匠来了。自己买来了水泥与细沙，搅搅拌拌，在天台上见缝便补。汗水滴进桶里，滴在水泥的新痕上。

深夜，果真下起倾盆大雨来。钟明用手碰触他太太："雨下这么大，不知房里会漏水吗？"钟嫂假装没听到，蒙头睡她的觉。

"爸爸，妈妈，房里滴水啦！"隔房的孩子惊叫起来。

钟嫂像被电触一样，霍地爬起，跑去一看，愣住了。水泥的天花板上被雨水浸湿的面积比原来还大，并且有四五处形成水滴，滴答滴答地掉下水来。

钟嫂边拿瓶瓶罐罐来盛水，边把一肚子的气发在丈夫身上："你再不修理，房子塌下来，全家都压死了，看你要不要去坐牢。"

"嘻嘻！全家死了，还坐什么牢。"钟明故意揶揄地说。惹得钟嫂好气又好笑，伸出食指直指着丈夫的鼻尖："你想死，自己去死好了。"

第二天一早，钟嫂赌气牵着孩子要回娘家去。钟明追到门口，亲昵地摸着孩子的头说："那房子漏水，爸爸明天就修理。"钟嫂嗖地伸出两个食指把孩子的两个小耳孔堵住。孩子莫名其妙地抬头傻望着妈妈。

三天后，钟嫂和孩子回来了。凌晨又下起滂沱大雨。钟嫂急急忙忙拿着瓶瓶罐罐，到孩子的房间。抬头一看，天花板没潮湿，一点儿水滴都没有。

"谁修的？"钟嫂愕然问。

"当然是我修的。"

"你骗人。"

"我几回骗过？"

两人相视。一方瞪起大眼睛紧问，另一方眨着眼睛忙答。

原来前天，钟明叫泥瓦工来看，认为已不能修补，须整个天台的地板打掉。重建时，水泥需加入吸水剂，才不会漏水。但由于工程大，费用多，钟明不敢做主。泥瓦工走后，钟明细心观察，觉得会漏水，主要是右边隔壁长期没人住。一下大雨，天台上的水排不出，便向邻边的墙壁渗透。于是，他灵机一动，想了一个办法。

究竟是什么办法呢？

急性的钟嫂撑起花雨伞，"噔噔噔"地走上天台。瞥见左壁墙下，凿了一个小洞，像喷泉般的雨水从隔壁的天台流进自家的天台。

雷电一闪，只见钟嫂被风吹散了长发，喃喃自语："真没想到，我那老头子竟能实现那真的'明天'，而且还有这么高的一手。"她将着额前的刘海，脸上的笑纹像洞口涌出的哗哗的水那样欢乐。

伏线

自丈夫去世后，李嫂总觉得房间有点不干净的东西，于是进行一次大扫除。不料，在一堆杂物中，竟见一个旧椰子壳。顿时，她的心仿佛被一只小手抓破了似的。

那是二十年前的事。李嫂因家庭柴米油盐的琐事，常与婆婆发生"内战"。后来，婆婆眼瞎了，她就用这个椰子壳盛粥给她吃，以示与猫狗相待。半年后，婆婆死了，李嫂要把椰子壳丢掉，被坐在门槛的小虎看见了："妈，别丢掉！""为什么？""留着，等以后我盛饭给你吃。"李嫂愕然，伸手给儿子一巴掌，狠狠把椰子壳丢出门外去。谁知小虎什么时候却偷偷把它捡回来。

这个椰子壳，看似平常，但它却蕴藏着一种特殊的烦恼。正如鲁迅先生所说："将来的命运，早在现在决定，故父亲的缺点，便是子孙灭亡的伏线，生命的危机。"

一天，小虎的儿子生日，说要到酒楼"庆祝"，踏进S

楼，食客满满。小虎左瞅瞅，右看看，在右角落有个空位，便叫妈先坐下来。随之，女侍者送来一碟肠粉。李嫂以为他们还找不到座位，便先吃了。不久，同桌有三人吃毕走了。李嫂即刻把三个空位占了，东张西望，老是不见儿子、媳妇与孙儿的影子。又过了数分钟，女侍者又送来一碟糯米糕。她嘴里虽嚼着糯米糕，但心里却像被糯米糕黏住似的，越嚼就越觉得不是滋味。于是，她坐不住了，摇手叫"结账"。不料，女侍者走来："楼上有人交代，由他一起付。"

李嫂的瘦脸骤然变了形，嘴唇突突地发颤，登上二楼一看，瞥见他们三口子亲亲热热地在吃鱼翅。这像头顶炸了个响雷，李嫂差点儿从楼梯跌下来。

这情景，在李嫂眼里看来，比她当年用椰子壳盛粥给婆婆吃更为"狠毒"。她受不了这种精神上的"打击"，回到家里，见到丈夫的灵位，不禁悲从心中来，想以一根绳子了却人间一切烦恼。

当她的脖子套上绳环的时候，忽然想起银行里还有一本定期存折，霎时，那垫在脚下的凳子，便无力踢开。

墨　宝

今天在某处举办书画展，在签名簿上，我提起毛笔，龙飞凤舞地在第一页上签上第一个名字。哈！今天我一早就得了两个"第一"啦。

展厅琳琅满目，名家书画，我顾不上欣赏，心在急跳，眼睛在急转，我的那幅第一次被选展的"墨宝"不知挂在何处？

找了老半天，好不容易才在一个不显眼的角落见到了它。

我立即站在自己的书法条幅旁挺着胸膛，请人帮忙照张值得珍藏的"玉照"。

咦！与我挂在一起的条幅，右边是 A 君，左边是 B 君。这两个人的字，怎能和我的挂在一起呢？

你看，A 君的字，歪歪斜斜，简直就像小学生写的毛笔字；B 君的字，乱涂乱写，简直就像神巫画符。不是我倚老卖老，我学书法也经年累月，胡子也可当毛笔挥毫了。

这时，我右耳边听到有人在评Ａ君的书法。

原来是两个比我还老的老头子，一高一矮，模样就像舞台上说相声的一对"活宝"。

高者说："这像老人变小孩儿的字。"

矮者说："字里透着小孩儿的天真，老人的骨气。"

"不错，越看越有神韵。"

"有神韵之字，佳品也。"

嗯！Ａ君的字，说得上是佳品，那我的字，就不止一个"佳"了。我拉长耳朵，正等他们把视线移到我的条幅上来。

嗨！真气死人，谁知他们偏偏把步子移到我的左边，去评Ｂ君的了。

高者说："这像喝醉酒的字。"

矮者说："字体如狂似癫。"

"不错，越看越像怀素的狂草。"

"龙飞凤舞之字，佳品也！"

哼！右一个佳品，左一个又是佳品，像他们这样低水准的评法，那我的呢，定是"佳佳"之品了吧！

于是，我对他们虾米似的躬下腰："请两位先生，看看这幅写得怎样？"

"是你的吗？"

"不！不是，是我的朋友的。"

两人凝视片刻。

高者说："这像喝白开水的字。"

矮者说："字体无气没骨，都是水。"

"一个个的字，不仅飞不起，而且都要倒下了。"

"站不稳之字，非佳品也！"

嗖地，我的脸红起来，急忙把头扭向一边。侧听，两个死老头，还在奚落我呢。

高者说："怀素借醉挥墨，故有'鸿飞兽骇之姿，鸾舞蛇惊之态'。"

矮者说："此君是借水挥墨，故似'鸿痴兽呆之姿，鸾栖蛇眠之态'。"

"嘻嘻！"两人说得都自笑起来。

去你的吧！别再胡说八道了。挥毫与喝白开水有啥屁相干？我暗骂道。

这时，我的两个耳孔，又凑来两张嘴。一边说："先生，请别见怪，我们开开玩笑罢了。"一边又说："先生，请别转告你的朋友啰！"

说后，他们怡然又去欣赏别人的书画了。

我呆呆地站在原位置上，等待真正识我墨宝者的到来。

三个指头

在某小巷里，有一间又小又旧的中医诊所。凭着三个指头切脉的老中医，名叫朱一新，是抗日胜利后南来的"老唐"，被病人誉为"朱半仙"。

他的确太老了：一脸皱纹，满鬓银丝。病人问他多大岁数了，他笑呵呵露出仅剩下的几颗门牙："忘了！"

咦，忘了自己的年龄，岂不是患了健忘症？但看了压在他桌上的玻璃板下的那张发黄的纸，写着"一个目标：健康；两个一点儿：勤动一点儿，糊涂一点儿；三个忘记：忘年龄，忘积怨，忘疾病"，才知原来他的"忘年龄"是他长寿的一条养生之道。

在诊所中间的墙壁上，端端正正挂着一块脱了金色的匾额："医，仁术也。"他的诊金一直由病人随送，每天开诊，延医者总是座无虚席。

有人问他："怎么不找个帮手？"他惨然一笑，连声说：

"难呀！难呀！难呀！"据说，他曾要把医术传给儿子，儿子不要；要传给儿媳，儿媳不要；要传给女儿，女儿不要；要传给女婿，女婿不要；要传给孙子，孙子不要。这种"家传"看来已绝路，他便改为"师傅"——师以传弟。谁知辛辛苦苦招来了几个"徒弟"，没有一人看得懂古医书，个个半途而废了。结果还是自己硬挺着一把老骨头，死挑着这古老中华国宝的行当。

子孙们都劝说他老人家该享清福了，甚至建议把诊所牌子取下来，搬到郊外已购好的别墅去住。

听到这些话，他就火了，好像要他的命："只要朱一新还活着，我的'朱一新诊所'的牌子就不许取下！"

一天，正在切病者脉搏的他，忽觉胸闷胸痛，于是他反把自己的脉，出现"止有常数，不能自还，良久乃动"的代脉。他心知肚明，这可能是患了那种病了。

这时候诊所只剩下三名病号，他便请他们到他卧室去。躺在床上的他，伸出三个指头，把完第一个病号的脉；又伸出三个指头，颤抖地把完了第二个病号的脉；再伸出三个指头把最后一个病号时，他的三个指头再也不会动了，僵硬地停在病人跳动的脉搏上……

古董

一早，雄财便打了几个电话，约几位老友到家里小聚，以谈天方式，来度过他的六十岁寿辰。

他环顾客厅，似乎缺少惹眼的东西，于是从楼上搬来一件父亲三十年前遗下的"古董"。

其实，雄财也不知此"古董"为何物，只依稀记得父亲在世时曾说："是件稀有古玩，要好好珍藏。"

A君到来，一眼便盯在这古董上："哈，这是一只山羊。"

"是吗？"

"不错，额上长着一对羊犄角。"

B君到来，眉头一皱："不像山羊。俗话说，'羊蹄坼，马蹄圆'。它那四只蹄子都是圆溜溜的，是只野马。"

C君到来，把头摇得似拨浪鼓："我看，不像山羊，也不像野马，它那条长长的尾巴，分明就是一条水牛尾。"

大家正谈得起劲。

"哟，谈什么呀，这么热闹？"从大门口传来洪钟般的声音。

大家抬头一看，是 D 君到来。

D 君是个古玩专家。由于他的到来，A、B、C 君都自动"靠边站"了。

只见 D 君稳健持重趋前，挑起两条高高的花白眉毛，目光像锥子一般尖锐。

突然，在该古董面前，他呆住了。

大家正等他的高论。

可他嘴角痉挛，双唇有些颤抖，口舌打结说不出话来。

正好，这时雄财的妻子端出了茶几："请大家坐下来，喝喝功夫茶。"

D 君乘机躲到一个角落抽烟。随着圈圈烟雾的升腾，他的思绪也旋转着：四十年前家严失窃的隋唐鎏金"四不像"，怎么会"落"到这里？

礼品

　　或许是自己血液里还有龙的遗传基因，或许是自己也曾学了一点儿"之乎者也"的东西，尽管生在湄南河畔，居在湄南河畔，但还是对中国的古玩有所偏好。

　　说来也有点儿脸红，几十年来，陆陆续续收藏了那点儿"消遣物"，虽珍藏在玻璃柜里，但还不知哪件是真品，哪件是赝品。

　　然而，其中有一件古玩，我敢说，是百分之百的真品。

　　提起这古玩，我的思绪顿时坠入那长长的时光隧道。

　　那是近二十年前的一天，北风呼啸，我到福建北部某山城去探望叔公。

　　去前，据旅行团的人说，现在中国人最喜欢彩色电视机。那好吧！我就从香港带个二十寸的彩电做见面礼。

　　到达那里正好是下着大雪，叔公与他的家人都站在车站等我了。

原来叔公的身材瘦长，很像"瘦硬之竹"，可那天由于天气冷，穿着厚厚的大棉袄，身材不瘦反而圆胖起来。但细看他的脸依然是那么清瘦，依然不显老，笑眯眯的细眼，我一眼就认出是他。

大家七手八脚把彩电弄到家里，高兴一阵，叔公却皱起了眉头："这么大的东西要放在哪里好呢？"

的确，这时我才发现，他家里没有客厅，似乎容纳不了这"大礼品"。但不管怎样，我已尽我的心意了。

入夜，我正想上床睡觉，便听到门外有"咚咚"的敲门声。

"请进！"

只见叔公笑眯眯的，端着一碟板鸭与一樽酒说："今晚很冷，喝杯老酒，可暖暖身体。"

我与叔公对坐："叔公，近来身体可好？"

"嗨！人老啦，常腰酸腿痛！"叔公细眯的眼睛失去笑意。

我想，他的腰酸腿痛似乎与"文化大革命"被揪斗有关。听说，他当年在某校当教员，红卫兵说他曾当过旧政府职官，将他揪出来批斗。别人被批斗，肯自打嘴巴："我罪该万死！"可叔公不管怎样被批斗，总像一根"瘦硬之竹"，不说话，不低头。有个"小将"火了，叱喝一声："还不快低头认罪！"并向他猛踢一脚。这下他不是"低头"，而是"倒栽葱"了。

关于这段不幸的经历，是不是像人们所说的那样，我想亲自向他问个明白，可他的手轻轻一摆说："过去的事，莫再提它！"

人常道："酒逢知己千杯少。"那晚相对而饮虽谈不上"千杯"，至少也有两三杯吧！

第二天，我准备去厦门。一早，就见叔公已准备好几包"礼品"：一包是武夷山茶叶，一包是野香菇，一包是嫩笋干……

当然对家乡的土特产，我一见就嘴馋。

"还有一件东西，不知你喜欢吗？"叔公边说边解开一个旧布包。一层，两层，三层……

噢嗬！是个白瓷大圆盘。

"这是我父亲留下来的古盘！"

我一听是古盘，脑子立即与古董联系起来。

"当年，我父亲是个清朝的文官，家里有不少古玩，可惜在'文革'期间，都被抄走了，只留下这个盘。"

"叔公，这个古盘怎能逃出劫数呢？"

"说来也有点儿蹊跷，当时家里有许多红宝书，没有地方放，我就堆放在这个盘上。红卫兵见了红宝书，心里已高喊万岁了！"叔公说着自己也觉得好笑，细眯的眼睛只剩下两条缝。

"叔公，这么说，是红宝书保护了它！"我半开玩笑地说。

叔公乐呵呵地点头："不错！不错！"

平时，我所见的瓷碟和瓷盘，多为青瓷和粉彩瓷，而对这种白瓷，还不很了解，便问："叔公，这种白瓷不知出自哪里？"

叔公戴起老花镜，像个古董家说："这种白瓷，看来是出自建窑……"

"什么叫建窑？"

"建窑嘛，有人也叫福窑，就是在福建建阳县烧造的。"

"那么建窑烧造的瓷器，都是白色的吗？"

叔公说："不止一种，有紫建、乌泥建、白建三种，但市上都以白建为最佳。"

哈！刹那间，我那颗喜悦的心，仿佛荡漾在这盘中："叔公，这盘是佳品了！"

叔公呵呵笑着点头。他顺手抹去盘中的灰尘："你看，盘中还雕着一株水仙花！"

由于岁月的侵蚀，如果不是叔公的指点，我是看不出是什么东西的。

叔公用手指当画笔，在不清楚的痕迹上临摹那株水仙花："叶厚扁长，在数叶中间，抽出一茎，茎头开花数朵。"

给叔公这样一"临摹"，一株冰清玉洁的古老的水仙花，似乎又"活"在盘中，而且还散发出馥香气息呢！

叔公又把盘翻过来给我看："盘背面还有一枝浮雕的梅花。"

我细看，这梅花虽有些磨损，但还有立体感，其枝干如铁，其花素洁如雪。

叔公问："读过王安石的《梅花》诗吗？"

我说："读过，但记不得了。"

叔公便低声地吟着："墙角数枝梅，凌寒独自开。遥知不是雪，唯有暗香来。"

本来在我的印象中，叔公的外形很像"硬瘦之竹"，此时，须臾之间，我仿佛觉得叔公的心灵，像盘上的"寒梅"了。

叔公说："现在我老了，孩子、孙子都喜欢现代的洋东西。这老东西留着没用，你喜欢就带走吧！"叔公垂下了眼睑，便看不到他的眼珠子了。

结果，我只说"谢谢"便把叔公珍藏几代的"珍品"带走了，带到湄南河畔来了。

时光如流水，永远留不住。叔公五年前已仙逝了。而叔公所馈赠的礼品，依然珍藏在我家的玻璃橱里。它与时间的流逝成正比，越来越显出"有年矣的古老"，越来越显出精巧"古艺的保值"。

唏嘘！回想当年我馈赠叔公的礼品，也许已"过时"或"老化"，被弃之一隅，而成"废品"了！

生日

客厅壁上，悬着挂历。

在沙发上打盹儿片刻的李佳坤，揉一揉深陷的双眼，茫然地走到挂历前，撕下一张日历，不禁喃喃自语："明天是星期日，也是我的生日，怎么孩子们还没有一点儿'动静'呢？"

电话铃响了：

"爸爸，明天是星期日，我要带爸爸到帕提亚海边玩玩。"——是老大打来的。

电话铃又响了：

"爸爸，明天是星期日，我要带爸爸到九世皇公园赏花。"——是老二打来的。

电话铃又再响了：

"爸爸，明天是星期日，我要带爸爸去佛教城拜佛。"——是老三打来的。

李佳坤每接一个电话，花白眉毛就皱一下，接到第三个电话，他那眉毛像"八字"似的向下弯垂："怎么？他们只知明天是星期日，不知明天是我的生日。难道他们都把我的生日忘了吗？"

做父亲的自尊心受到了"挫伤"，像一根针在他的心上猛然刺了几下，胸口有点儿发病，心脏病要发作似的。他便都一一推托："近日身体不舒服，什么地方也不想去。"

星期日一早，三个儿子都携妻带孩子来了。

老大提来一篮水果："爸爸，病好些吗？如还没好，我想带爸爸去医院看病。"

老二带来一位中医师："爸爸，高教授是中国有名的老中医，我请来给爸爸把把脉。"

老三拿出一条长白山人参："爸爸，病好后，炖些人参补养身体。"

装作生病的李佳坤，此时此地只好"假戏得当真戏唱"了："昨天傍晚我已到医院看过病了。"

"没什么吧？"三个儿子三张嘴巴不约而同地问。

"没什么，只觉胸口有点儿发痛。"老爸苦涩地笑了笑。

此时，子孙都围着李佳坤身旁，有的叫"爸爸"，有的叫"公公"，亲热得很。李佳坤紧锁的眉头，舒展开来了，沉浸在含饴弄孙的乐趣中。

将近中午，老大把爸爸"请"到房间里："爸爸，现在店里的资金周转不开，明天到期的支票没钱进，求求爸爸给换张明天的现钱支票。"老大把手中已写好的一张月底才可取的支票递给爸爸。

没等老大出去，老二也进来了："爸爸，这个月尾，需要用钱，银行不给贷款，工资已发不出，求求爸爸帮个忙，换张支票，以先应付。"老二也把手中已写好的一张年底才可取的支票递给爸爸。

没等老大、老二出去，老三也进来了："爸爸，建房屋的银行利息，已经三个月没法去还了。银行已派人来一催再催，求求爸爸帮个忙，换张支票，以解当务之急。"老三又把手中已写好的一张明年才可取的支票递给爸爸。李佳坤对着手上三张支票，一看都是在七位数以上，顿时，"眉毛上吊苦胆——苦在眼前"，便摆着老茧累累的手说："你们都先出去！"

心绪乱如麻的李佳坤，呆坐在床头上，心想：我辛辛苦苦创办的家业，大半家产都分给他们。他们的钱财已各自打理，现今他们都碰到经济问题，伸手来向我要。哦！不是要，而说是换支票，照理应该给予支援，不过数额太大了。万一所换的支票到时都不能兑现，我的"老钱"将被挖空，那时我这把老骨头靠谁养呢？想到这里，他觉得保住"老钱"，就如保住自己老命那么重要。

俗话说："亲虽亲，财帛分。"

李佳坤姗姗走出来，三个儿子欣欣然迎上去，三只敏捷的手接过三张支票，不禁脸色一变："哦，爸爸！爸爸！"

　　李佳坤只好"帘子脸儿——撂下来了"说："别叫我爸爸了，你们去叫银行作爸爸好了。"

　　"爸爸！您怎么啦？"三张嘴巴又张开了。

　　于是，爸爸不再有回声，只见他蹒跚地端出个生日蛋糕来。

　　孙子们都高兴地叫起来："哟，公公给蛋糕吃啦！"

　　此时，儿子与儿媳们才恍然大悟："今天是爸爸的生日。"

老两口

屋顶又漏水了。

陈育才与他的老伴各自忙着拿起面盆与水桶上二楼接水。

老伴望着滴答滴答的雨水说："也该叫人来修理了。"

陈育才皱起苦瓜脸说："现在哪有钱修理呢？"

"就把存款取出来用。"

"存款？"陈育才像泄了气的皮球，瘪塌塌地不声响。

"嗯！就是那笔吃利息的老钱。"

"哪笔老钱？"陈育才像"膏药贴住嘴巴——难开口"，说出来，又怕老伴心脏病发作，故想把话题转移，随即做了一个小动作，把盆里的水弄翻了，假装指着地上的水说，"快去拿地拖。"

哎哟哟！老两口又是忙了一阵子。

入夜，接到在美国工作的儿子打来长途电话，说他后天将来泰国参加一个国际性的经济会议。

老两口高兴得一夜合不上眼。

老伴说："我那孩子，四年不见了，不知胖了，还是瘦了？"

没有回声。

又说："我那孩子，去年当了经理，不知工资多少？"

又没有回声。

过了一会儿，又说："现在泰币贬值，只要拿一点儿美元来，就相当于泰国很多钱了。你说，我那孩子会拿来多少钱？"

还没有回声。

于是，老伴火了，拇指与食指变成一把老虎钳，向他一捏："你死啦！怎么不作声？"

"哎哟！"陈育才尖叫一声。由于他自己心中也无数，不知怎么回答，只好憨憨地傻笑，活像一尊不会说话的弥勒佛。

孩子的回家，像额头上挂着月亮，给老两口孤寂、冷清的家，带来一点儿喜色，一丝生气。

孩子的见面礼，是两包美国花旗参，说是给爸妈补养身体。礼物虽轻，但也让老两口高兴得合不拢嘴，连说自己孩子还有点儿"华人味"！

一天天过去，孩子一直忙于开会，也没提起给钱的事。

一天夜间，在枕边老两口开始互相埋怨了。陈育才怪老伴：从小把孩子惯坏了，什么都给他，什么都是说孩子好。如今怎样？而老伴埋怨陈育才：孩子刚出来工作时主动要给钱，却当起好老爸来了，说留着给孩子自己用，如今怎样？

"怎样"来，"怎样"去，最后，老两口还是床头吵床尾好了。

一天傍晚，孩子回家辞行，说明天将回美国去。恰巧，此时，下起倾盆大雨。老两口又忙着拿起面盆、水桶上二楼去。

孩子也跟着上楼来，见到爸妈忙得团团转，想帮忙又怕被雨水弄湿自己的衣服。于是站在一边，双手插进裤袋说："爸、妈！怎么不早些叫人来维修呢？"

"维修吗？要……"他老爸把溜到嘴边的话吞进肚里去。他老妈本想接着顺嘴讲起"钱"的事，但又要有点儿做父母的"尊严"，想还是让孩子自己说出来好，才能看出孝心如何。

于是，老两口把期待的目光"停"在孩子脸上。只见他那"国"字脸由平静变为紧张，把视线转移到窗外看景色。

第二天，他老爸到飞机场送行。临上飞机，孩子很勉强地说："爸爸，如果需要钱，就写信告诉我。"

他老爸听后，心想："你来时都没带来，走了哪会再寄来？"想到这里，他连举手告别的力气也没有了。他的自尊心受到极大的挫伤，"瘫"坐在椅子上，活像一只衰老的猫，哆哆嗦嗦地喃喃自语："孩子呀，你可知道，过去给你的，总是一切先给你。家里没有的，你有；你有的，家里没有。样样都想到你，样样都寄给你，心里只有你。可现在你一成家立业，翅膀硬了，就飞啦。你说说，你心中还有你的父母吗？你说说，你这样做，对得起生你养你的父母吗？"

这些话他好像对孩子说的，可惜他孩子此时此刻已乘着飞机越过泰国的领空了。

陈育才像头受伤的骆驼，一步一颠地走出飞机场。一见外面下着大雨，忽想到家里只剩下老伴，心里忐忑不安，有如热锅上的蚂蚁。

陈育才匆匆忙忙雇"的士"回家。不料一进门，所见到的比屋漏更大的事发生了——老伴心脏病发作，躺倒在地上，奄奄一息。被吓得发抖的陈育才发出嘶哑的呼救声，可是外面雷电交加，大雨滂沱，谁能听得见呢？

可怜的陈育才，双脚跪着扶起老伴的头，呼叫几声，没应。他又想得马上送医院，蹒跚地走到钱柜找钱。嗨！哪有钱可找呢？只找出那几张被当局下令停业的金融公司的存折。

躲债

在宽阔的公路上，无数车轮在旋转。

戴着墨镜的李财，混乱的思绪也像车轮旋转着：昨天还驾着自己的轿车，今天却驾着租来的"的士"；昨天还是头家，今天却变成司机。一桩桩的突变，并不是梦，而是现实。这究竟是生活开了他一个玩笑，还是他开了生活一个玩笑？

忽然，前方有个黑影举手，他把车停下。

"到火车站。"戴着墨镜的顾客说着就上车。

李财摘下眼镜，抬头看车前的镜子，坐在后座的顾客正好把眼镜摘下，露出一个肥得出油的脸，扁阔的鼻子，凌乱的头发，那双没有神采的肿眼，正睁得大大地盯着他。

两人的眼睛在镜子中碰在一起，立即出现两副变色的面孔。一副变得苍白、僵硬，如一副石膏模型；一副变得紫红、冷峻，如一块黑色的猪肝。

原来李财是三聘某布行主人。陈通开办缝衣厂时，大部分布匹都是从李财布行买来的。开始是现金买卖，渐渐地变成赊欠。陈通的衣厂所生产出来的成衣，是批发到外府商店零售。1997年泰国经济危机，零售商也似苦瓜藤攀黄连树——苦命相连。陈通所批发的成衣，几乎都成了烂账。由于资金周转不灵，陈通的成衣厂倒闭，所欠李财的赊账也无法还清。

李财的布行也如高空跳伞，一落千丈，便叫警察到处追债。李材只好鞋底儿抹油，连夜携儿溜之大吉。由于走投无路，头家只好变成"的士"司机了。

陈通也倒了八辈子的霉，躲得了初一，躲不了十五。此时此刻，"的士"的司机，就是他的债主，于是他便成了瓮中之鳖。

陈通向他合十一拜："李兄，不是我不还，而是所放的赊账不还我。"

"不行，到警察局去。"

陈通又合十向他二拜："如果收不到那些赊欠，我每月赚到多少，就还你多少；分批慢慢还清行吗？"

"怎么行呢？你欠我那么多钱，这样慢慢还，一辈子也还不清。"李财缓和了口气继续说，"这样好吧，我扣押你的工厂。"

"我工厂的地契早已抵押在银行了。"

"我扣押你的住房！"

"房地契也抵当在金融公司了。"

"我要你的车子！"

"车子是分期付款，由于拖欠付款，也已被没收。"

"噢！这样你还是跟我到警察局去。"

陈通又合十向他三拜："我去坐牢，倒没什么，可怜的是我家两个眼睛黑黑的孩子。"

"孩子？"李财冷冷地问，"孩子的妈妈呢？"

陈通陡地泛出一股凄酸的感觉："自我工厂倒闭后，她跟人家走了，丢下两个孩子。当时，我一时想不通，拿起手枪，想去抢金行，但又怕被逮到，家里两个小孩怎么办？回到家里，又见到两个孩子，饿着肚子，哭着要找妈妈。我一气之下，想枪口对准两个孩子，然后对准自己：但突然发觉枪膛里只剩下一颗子弹，想对准自己的太阳穴算了。此时两个孩子哭着跑过来抱我，见到他们的四颗黑眼珠，我心酸地跪下了，双手揽住两个孩子，三人哭成一团。"

"后来怎样？"李财追问。

陈通揉着酸溜溜的鼻子说："后来，我那最小的孩子指着壁上我俩结婚时的合影，哭着说：爸爸，我要妈妈！此时，不知怎么的，我一肚子的辛酸苦辣突地都集中在相片那一点上，'嘭'的一声，孩子妈妈的头像开了花。"

这些辛酸事，也像一颗无形的子弹射进李财的心头。

车到达警察局，李财猛地把车刹住。

陈通掏出钱包，细算一下，仅存四百铢。

"李兄，这是我最后的请求。"陈通又合十对李财说，"我进了猫笼①后，请你把这些钱……"

"怎么？"李财愕然。

"因为我的大孩子病得很厉害，没有钱看病，请你可怜可怜，带他去看病，也许这点儿钱能救他一条命。"陈通把钱递给李财，声音沙哑说，"我们也相识多年，请你帮个忙，把我两个小孩送入孤儿院。"

李财接过那几张纸币，手在颤抖，心在颤抖，良心受到严重的谴责，脸色也变得很难看。

李财把钱推还给陈通。

"李财兄，你……"

出乎陈通的意料，李财把车头掉转："算了，我送你去火车站。"他把那四百铢塞进陈通的衣袋。

---

①猫笼：泰语，监牢之意。

好好先生传

我认识好好先生，是从做孩子到做爸爸直至做公公那么久了。

好好先生，本姓李，名好。后面一个"好"，是我给他加上去的，而"先生"是后人对他的尊称。

李好个子不高也不矮，眼不斜，嘴不歪，天生给他一副好好的骨架。

常挂在嘴边，他有一句口头禅："好好。"遇见好事，他说："好好。"遇见坏事也说："好好。"

小时候，他放的风筝在高空与他人的风筝"交战"。胜了，他说："好好。"输了，他也说："好好。"为什么输了，还说"好好"呢？因为他认为："失去个旧的，才可买个新的。新的总比旧的好。"

上学时，他爸爸要他去读华文学校，他点头说："好好。"要他读泰文学校，他也连连点头说："好好。"他说："学什么文化都一样好。"

在学习上，他很用功。每次考试，虽没列第一，但总是排第二。他说："好好！排第二比排第一好。排第二，前头有个一可看齐，可追赶！"

在谈恋爱时，他追一个同班女同学。一天夜里，他俩正在树下谈得甜蜜蜜。突然，不知从什么地方打来一记铁拳："唉李！你没长眼啦。"他定神一看，原来是他同班的一位男同学。此时，他才发觉他所爱的人已有了"恋人"。他摸着被打的痛处说："好好！这一拳把我打醒起来。她原来在搞三角恋爱，这种人品不可爱。"

后来，有个东北姑娘追求他。他觉得她生来还有几分姿色，那胖乎乎的圆黑脸，再加上一对黑黑的大眼睛，还很可爱。于是，他说："好好！我们先谈恋爱，后谈结婚。"这件事，父母不同意，要给他介绍一个有华裔血统的姑娘。他说："好好！等我那个谈不成才谈这个。"他父母没办法，等了一年多，他便与那个东北"佬仔"姑娘自由结合了。

他做了爸爸，孩子要上学了。妻子问他："让孩子在邻近的学校读书好不好？"他说："好好！孩子读书不必坐车辛苦，就好。"

眨眼间，三个孩子都排着队，一年一个要考大学了。

大孩子问："爸爸，我考朱拉大学好不好？"

"好好。"

二孩子问："爸爸，我考农业大学好不好？"

"好好。"

三孩子问："爸爸，我不想考大学好不好？"

"好好！就出来帮爸爸做生意。"

第三个孩子没考大学，出来做生意倒早赚到一些钱，便去玩股票。不料，第一次走入股票市场，就输个精光。孩子垂头丧气回到家里。爸爸把手搭在孩子肩膀说："好好！输了就好。"孩子瞪圆眼睛问："怎么？我输了，爸爸还说好？"他语重心长地说："孩子，如果第一次赢了，你就会再去玩。赢得多，最后就会输得惨！"

他当了公公，内孙、外孙很多，他连名字都记不清。其中有个男孙，在学校偷吸"狂药"，被警察抓走了。做爸妈的急得很，马上要拿钱去保释。可他不同意，说道："好好！抓走也好，让他在猫笼里好好吃吃红米饭，给蚊子咬咬，懂得惨，才会怕，才能痛改，才能戒毒！"

近来，经济危机恶化，他家也处在"困难时期"，孩子们也很少扶老携幼上酒楼菜馆，一日三餐都在家里吃便饭。桌上的好东西少了，山珍海味少了，大鱼大肉也少了，多数以瓜菜代。他夹着盘里的素菜，连连点头说："好好，早就该这样勒紧裤带过日子了。一可省钱，二可减肥。实际上，这比什么药物减肥都要好。"

以往，他每年都要回一两趟唐山，好好地去，好好地回，过瘾得很。现在泰币贬值，去一趟唐山相当于过去花两趟的钱。于是，他自我安慰地说："好好！过去便宜，我去了，已赚了回来；现在贵了，就不要去了，便省了钱，也好。"

前几个月，他见到自己所存款的金融公司不属停业之列，高兴得连连叫："好！好！好！"但又怕不保险，便想将存款取出来，存入大银行里。

那天，他把从金融公司全部支出的钱，放在一个塑胶袋里，挟在腋窝下，刚走到路边雇"的士"，突然飞来两辆摩托车，四个蒙面贼一夹攻，飞快地把他的钱袋"夺"走；并且还给他捅一刀。他倒下了，被人送到医院。

我闻讯赶到医院去看他，正好他还没断气，脸色还很平静，说："好好！钱被抢走也好，我空空地来，也能空空地走了。人，反正个个都欠上帝一条命，今天不死，明天也得死。"

他死了，有的亲友说他很有"修行"，已"转迷成悟"，"离苦得乐"，死了，便能成仙了。

的确，在他的灵柩前，亲友们都把他当作"仙"了，不仅摆着祭品，而且还点香膜拜。

有人建议，要给他写一篇没有"之乎者也"，不千篇一律的祭文，我毛遂自荐。在祭文中，我写道："李好先生的一生，坦荡荡，凡事都能看得破，看得透彻。从好的能见到坏的，从坏的能见到好的。既能宽恕自己，又能宽恕别人。因此少有烦恼，也少有悲伤。人们戏称为'好好先生'。不错，李好先生的人生哲学，就是'好好好'。因为李好先生的心中有个好好的世界。呜呼！请李好先生慢慢走，前头又是个好好的极乐世界。"

流血

宋干前，旱情严重，东北部某山乡，村民连喝水也成问题。

娘田肩上挑着一担空水桶，手上牵着刚满三岁的女孩，一早就赶来，要到村长家门口等待几十公里远的水库抽来的水。不料路上不小心，母女一起摔了一跤。女儿哇哇地哭起来。

"孩子，跌伤了没有？"

"妈妈，有血！"

娘田一脸紧张，忙抱起孩子，从头到脚地检查："孩子，哪里流血？"

女儿指着妈妈的裤管上："这里有血。"

娘田翻起自己的裤管，发现小腿有一道伤痕："孩子，妈妈只摔破点儿皮，没什么，只要孩子没摔伤就好了。"她那紧张的神态消失了，脸上反而泛起一丝笑纹。

到达村长家门口，已像个闹哄哄的集市。突然，一辆轿车停在人群前，走出两个戴着帽子的男人，其中一个是村长。村长激动地举起双手："乡亲们，水马上就要来了！"只见站在村长身旁那位戴着墨镜的中年人，用手提电话指挥："开动机器！"

骤然，炎热的晴空，冲出一条哗哗作响的水龙。整个场面，顿时有如"玉皇娶亲，阎王嫁女——欢天喜地"，"猜哟"声四起，震动天地，惊得停在树上的小鸟四处飞起。

村长又拉开喉咙说："乡亲们，今天的水能到达我们的村里，我们首先应当感谢这位头家的鼎力支持。"

一时所有的眼睛都对准那位老板。也许村长为了讨好老板，让大家更能看清楚他的面目，便伸出手来，摘下老板的帽子。而老板自己也取下鼻梁上的墨镜，咧开厚厚的嘴唇，憨憨地笑着，接受群众的欢呼！

娘田举手遮住阳光，踮起脚尖，瞄着那受"猜哟"的欢呼"点"，不禁心灵一怔："难道是他！"

她丢下水桶，急忙拉着女儿往前挤。挤呀挤呀，越来越看清了："就是他！"

本来她想蹲下身告诉女儿："那就是你的爸爸。"但怕女儿一时接受不了；想趋前叫他一声，又怕自己低贱的身份，让他在众人面前失去荣光。

于是，她急忙躲到一个角落，写了一张纸条，叫人递给他。只见那老板打开一看，脸上嗖地变了色，忙把帽子与墨镜戴起来。

娘田挑水走在路上，桶里的水荡漾着。她的心也七上八下，像水桶的水荡漾起来。一幕往事浮上心头：五年前，她到曼谷某建筑公司当职员，由于她长得像农田一朵自然盛开的野花，老板爱上了她，并与她暗中偷情，不久她怀了孕。为了不让老板家庭发生破裂，她主动要求回乡待产。而老板心肠还好，每月暗中给她汇款。这样一晃便四年多，女儿至今还没见到爸爸。

她把女儿唤到跟前，边替女儿扎着两条羊角辫子，边想起递给他的那条子。约他今晚到家来，不知他会来吗？

娘田呆呆地望着门前那条弯弯曲曲的小路，从夕阳西下，望到夜色蒙蒙，望到黎明前的黑夜，直至隐隐听到鸡鸣声，她忍不住抽泣起来。

躺在怀里的女儿被惊醒："妈妈，您哭了吗？是不是腿上的伤口发痛呢？"

这一问更叫娘田伤心，紧紧把女儿抱在怀中。此时此刻，她不仅眼泪顺着两颊流进嘴里，而且胸口微微发痛，似觉心里也在流血。

丧礼上的陌生人

郑默之终于闭上临终的眼睛，丧事正在某"越"举办。

其妻望着灵柩前的丈夫遗像，感到一种难忍的悲伤。平时，他们俩免不了有吵架，她甚至骂他"早点儿去死"。但是几十年来，总是"床头相骂，床尾讲话"。现在他真的死了，她倒很想他能多活几年。

当她想到嫁入郑家，只生下三个女孩，没能给郑家留下传宗接代的"种子"，便声泪俱下地自我谴责："唉！我前世不知造了什么孽，这世才会给郑家断了'香火'！"

"妈妈……"三个未出嫁的女儿抱着妈妈一起哭。

突然，耳边有人哭着叫"爸爸"。

奇怪，他是谁？母女四双眼睛不约而同往一处看：一个大眼睛，厚嘴唇，"国"字脸的男孩，那双剑眉倒很像灵柩前的遗像。

这突如其来的怪事，郑默之的妻子脑子竟然一闪："难道他……"但她又马上否定自己，"不会吧，他从来没在外头过夜。"她三个女儿却以为这男孩，是"拜佛走进吕祖庙——找错了门"，便问："你走错祭厅了吧？"

那男孩摇摇头："没错，就是第三厅。"

"你来找谁？"

"我爸爸。"

"你爸爸叫什么姓名？"

"郑默之。"

母女四人一听都惊呆了。还是三个女儿脑子转得快："你有什么凭据？"

"凭据嘛……"那男孩拿出一张照片。

母女四人凑近一看，是张三人合影的"全家福"。

郑默之妻子一怒之下，竟把这张相片撕成碎片，狠狠地往遗像掷去："你这老东西。"

随着碎片的飘落，又走出一位三十岁左右的俏女人：体态婀娜，俊眼秀眉。她走到那男孩的身旁，牵着他的手："走，拜你爸爸去。"

照理到灵柩前祭拜，是参与丧礼者的礼仪。但这一例，郑默之妻子倒纠缠着她："你是……"

只见那女人扬起柳眉，双眼皮不见了："老太太，我是孩子的妈妈。"她把樱桃嘴向遗像努去。

"那么，你是……"

"嗯，我是他的妻子！"

话还没说完，猝然又出现一位穿黑西装的中年人，彬彬有礼地自我介绍："我是律师，名叫讪谪·郑明里。"他打开公文包，出示一张证书，"这是郑默之先生与温尼·许拉女士的正式结婚证。"然后慢吞吞诘问，"老太太，当年你与郑默之没办正式登记手续吧！这在法律上不是结婚，而是同居。"

温尼·许拉嘴角一荡，妩媚地问律师："那有关郑家的财产呢？"

郑默之的三个女儿脸上突然变了形，只剩下三条不变形的鼻子。她们的妈妈大惊失色，跌坐在地上。

品茗谈天

老伍从报馆"告老"后，妻子又去世，后来听说搬了家，从此将近半年不知道他的下落。

一天，偶然在一个婚礼会上见到他的儿子与儿媳。他儿子告诉我，他爸身体不很好，又不肯去医院检查。"什么病？"我问。儿子没回答，只见儿媳努着嘴说："恐怕神经有些毛病。"告辞时，他儿子请我有空儿去给他爸把把脉。

今年清明节，我到春武里某山庄扫墓，返回时，顺路去看看老伍。

"咚咚！"出来开门的是一个黑男孩，身边紧跟着一只黑狗。

"找谁？"那黑孩子问。

"老伍兄。"

"没这人，你找错了。"他转身要把门关上，猝然那黑狗向我吠来。

我退了几步，讲出老伍的泰文名字。那黑孩子点了点头："有，但不在家。"

"到哪里去了呢？"

他举起小黑手，指着那远远的山边。

我要他带我去找，并说我是从远地而来的。那黑狗好像听懂"人话"，先走在我们前头了。

我越走越有些心慌，怎么走进一处坟地？我开始"警惕"起来，生怕这黑孩子要"恶作剧"。

此时，挂在西山的夕阳不动了，仿佛要帮我找到老伍才下山去。

突然，那黑孩子在一棵椰树下站住了。

"呶！"他举起小黑手向前面一指。

顺指看去，约莫在五十米处的一座墓地，呆呆地坐着的老人，正是老伍。我不禁一怔："莫非他真的有些神经不正常？"

只见那黑狗已先到他跟前了，像向主人报告："有人来找！"

老伍痴呆回转头来，我也很诧异看着他。而他也许由于一时太突然，思想毫无准备，如蜡像人般"僵"在冷室的真空里。

骤然，一只乌鸦"哑"的一声从高空掠过。老伍好像从死中活起来，奔来把我抱住。

这突如其来的动作，倒叫我心跳加剧。

我与老伍相识几十年，原来他是病人，我是医生。他常来看病，与我又谈得很投机，便成为好朋友。久没见面的老朋友，偶然相见，那高兴劲儿，谁都会有，但高兴得拥抱起来却为数不多。老伍此次见面这异常的动作，我想，是他那既孤独又寂寞的心锁突然被砸开的情绪的冲动。

我体谅他的"心"，我了解他的"内疚"。他告诉我，妻子在世时，各人各忙自己的工作，很少谈天。等到告老时，有时间谈天了，她却走了。因此，他为了弥补心中这遗憾，便经常来陪妻子"谈天"。

他谈着谈着，便把手伸出来："老朋友，请你把把脉，人家都说我有病，究竟我患的是什么病？"我把他的手推回去："不用把脉，我也知道你患什么病了。"

"你别开玩笑啦！"

我指着他的脑袋半开玩笑："你呀！患的是……"我故意卖关子。

"什么病？"

"你患的是现代老年寂寞病。"

"医学上有这种病吗？"他瞪圆眼睛反问。

"这是我自己发现的病种。"

"有什么药可治？"

我拉着他的手："回家品茗谈天去！"

霍地，他重重地拍了我一下肩膀："知我心者，只有你啦！"

他站起来高喊那黑孩子："快快回家煮开水！"然后又拉我的手，"今晚就住在这里。"

我拿起手提电话说："那好，我打个电话告诉家里'今晚不回家'！"

窘

在某公寓里住着一位老人。近八年来，他搬了三次家：别墅——陶豪——公寓。

一天，他从外面回来，脸色很难看。因为他从一位朋友的口里得知，有人在议论他：可能赌输了，也可能患了艾滋病。

他呆呆地在镜子前坐着看自己，也不禁吓了一跳："怎么变得这样瘦了呢？"本来他个子就瘦削，现在仿佛缩了水，整个肩膀耷拉下来，几乎担不起那颗光秃干瘪的脑袋。

"唉！难怪人家怀疑我患了艾滋病。"他自怨自艾地摇着头，苦笑道，"人家有嘴就说去吧！"

俗话说："自家有病自家知。"旁人大概是不能够明白底细的。

望着墙壁上挂着的那张妻子的遗像，他想起八年前曾与她争吵的一件事。

那晚睡在床上，他与妻子谈到女儿深造的问题。妻子说："儿子是听你的，已让他到美国去了；女儿应当听我的，让她留在我们身旁。""为什么？""我老了才有人照顾！"他笑起来："有钱怕请不到人照顾吗？"妻子说："请的与自己的不一样。""有什么不一样呢？""自己的是亲生骨肉，会感到更温暖。"他哈哈大笑起来。妻子向他大腿一拧问："你笑什么？""我笑你目光短浅！"妻子霍地坐起来："好好好！你说我目光短浅，我倒要看你这个目光长远的是怎样想的。"他看妻子来了火气，倒做起"忍功"来，静静闭目地睡着。过了一会儿，他看着妻子也倒着睡下了，才附在她耳边小声说："女儿最好送去英国。"这主意又像针一样刺着妻子："一个送去美国，一个送去英国，你又心怀什么鬼胎？"他没有直接回答，倒讲了一段"狡兔三窟"的故事。妻子淡淡地呲他一句："小心聪明反被聪明误。"

　　两年前，泰国经济发生危机，他经营的产业倒闭，为了支付两个孩子在国外学习的费用，变卖了别墅。不幸妻子去年又患肝癌，在治疗中又变卖了陶豪。

　　自妻子去世后，他身体一直仿佛患了严重病似的，每次站到秤盘上一称，总是惊叹一声："哇，又掉了半斤肉！"不知怎么的，此时此地，他就似独个儿躺在大荒原的一口棺材里，一种远离人间般的孤寂感，就像涨潮般漫过他的胸口，随之而来的便是一种老年人常有的心态，想"会桃花之芳园，序天伦之乐事"。

一次，他给儿子写信，谈到独居的孤寂感，谁知儿子回信说："爸爸，在美国独居的老人多的是。"他气得几天吃不下饭，也不给儿子回信。

不久，他又给女儿写信，谁知女儿半夜打来长途电话，在安慰几句温暖的话后，建议"爸爸最好进养老院"。这又气得他几夜睡不着，逢人便说，他女儿已经"死"了。

于是，孤寂感就像一条精神的毒蛇，越来越把他缠得更紧、更紧，以至不能自拔……

昨天，有人嗅到他房间有一股奇臭，报德善堂来收尸时，发现他已死了三天。

当他的尸体被裹着白布拖出来时，见到者都掩着鼻子躲开，唯有邻居一位老太婆站着摇头叹息："真可怜，死了连一个窟也无！"

家庭内部

　　按了门铃，出来开门的不是用人而是他妻子："你死到哪里去了？"

　　王经理看了看手表，比平日只慢回半小时："公司开会，路上车又堵。"

　　进了家，一片寂静，晚餐也还没有做："用人呢？"

　　"她气死我，被我撵走了。"

　　王经理愕然，神色不太自若，本要追问其原因，但他了解妻子的脾气，若在她火气旺时，最好闭上自己的嘴，要不，往往会惹火烧身。一烧身，就是打开所有水龙头的水也灭不了。

　　"明天你就给我找一个用人来。"

　　"这就难办啰，找用人，不像到哒叻买只鸡那么容易。"

　　"不容易，从明天起都到外边吃饭，衣服也自己洗。"

　　王经理在与妻子"共存"中，也摸出一套对付办法：以软克硬。他脱下经理服，穿上白背心，边炒菜，边哼起《我是个炊事兵》的调子来。

妻子觉得好气又好笑，抢过他手中的铲子："去去去！看你把菜炒焦了。"王经理"扑哧"一笑，又马上掩住自己的嘴巴。

热腾腾的一桌菜肴正在等人吃饭。妻子推着丈夫："去'请'你的宝贝儿吃饭。"他知道妻子用"请"字的用意。因为五年前，女儿的生母去世后，继母进家，她们俩仿佛前世就是冤家，一开口就顶嘴。一顶嘴，夹在中间的他就头疼了。说服了这个，就得失了那个；说服了那个，又得失了这个。王经理常摇头说："千理万理，家理最难理！"

王经理上女儿的闺房，空荡荡。他叫女儿的名字，没应声。到了四楼那间佛室，竟然见到自己的女儿穿着素装，盘腿闭目坐在观音菩萨前，念着《观音黄庭多心经》。

他想张口叫"醒"女儿，却又犹豫。心想，在当今的社会，人心都像一匹野马，没有一刻安宁，整天向外跑，向外找钱。尤其近几年来，泰国处在 IMF[①]时期，工作难找，女儿失业已两年，又遭遇三次失恋。她的性格变得有点儿古

———————

① IMF：国际货币基金。泰国于 1997 年发生经济危机，向国际货币基金贷款，国家经济出现严重困境。

怪，喜欢用毫无表情的眼睛"打"人。如果能坐禅入定化空一切，那将是一个抓回失去平衡心态的网……

突然三楼电话铃响起，王经理思路被打断。他下楼接电话，开始"哈啰"时还很大声，随即变得很小声，几乎旁人无法听到。原来是他家用人打来的电话，约他明晚在老地方见。他紧张中带点儿喜色，小声道："知道啦！"

一听到女儿下楼的脚步声，他即刻把电话挂了。他想张口叫女儿，却见女儿走到他的身旁："爸爸，我有一件事情……"

"噢！什么事情？"

"请爸爸……保密！"谁知女儿却来个"欲说还休，却道天凉好个秋"，急得爸爸额上沁出汗水来。

此时，从楼下传来妻子的喊声："你们都死到哪里去了？还不快下来吃饭！"

女儿把一封信塞给父亲："爸爸，我要说的事情，都写在里面了。"

女儿下楼去，爸爸却走进洗手间，打开信一看，坐在厕所槽上，半天出不来。

王经理做梦也没有想到，竟然在他家庭内部将要发生一件冷酷的事：女儿与用人定于十月二日到阿娘寺庙落发当尼姑。

灭蚊趣记

雨季来了。

老伴总在我耳边说:"家里蚊子怎么这样多?查查纱窗有没有破。"我总是敷衍道:"雨天,蚊子必多嘛!"

一旦放纵了蚊子,它便放肆地在我面前"示威",不管白天与黑夜。当我看书时,它在我的耳边嗡嗡叫;当我在爬格子时,它竟敢围绕着笔端飞舞,还常常趁我不注意,突然向我身上偷噆一口。我总是本能地"啪"的一声打去。照理应该打到,但仔细一看又没打到。于是乎,我自怨自艾说:"也许老了,动作迟钝!"老伴倒嘻嘻地笑起来:"不是老了的问题,而是外面刚进来的野蚊子,瘦小飞得快。"

哈!还是老伴观察得细致。

老伴是个清晨念经拜佛的人,奉行"不杀生戒",对蚊子的叮咬,总不忍"用手足伤杀对方的生命",只轻轻用手赶走。老伴对蚊子这么"仁慈",我心中总觉得未免太"那个"

了！

蚊子一天天地多起来。我想：蚊子一般的寿命只有七天，这么多蚊子，莫非纱窗真有破漏？因此，我戴起老花镜，逐一细查。不出所料，竟有几个纱网老化了，出现了漏点。

我觉得问题还不太大，便采用懒办法——透明胶纸粘贴。

老伴似挑逗道："早告诉你了，而你不信，现在怎样？"

我心里认输，但嘴巴还硬顶："那小小的漏子，蚊子能钻进吗？"

也许我"顶"得对，贴实了那些小漏点，蚊子还不见减少。老伴又在我耳边嘀咕起来："再查查看，还有什么地方漏的。"

我说："家里三层楼，几十个纱窗，个别漏洞，可能还是会有的。难道蚊子就那么厉害，无孔不入？"

也许老伴的话又是对的，有句谚语说："蚊子叮鸡蛋，无孔不入。"我灵机一动说："干脆全换新的！"

换了新纱窗，我又用灭蚊器进行全面"歼敌"。

不料，蚊子只少了一两天，第三天又渐渐多起来。

老伴又在我耳边唠叨起来："再查查看，还有什么地方有漏洞的。"

我摆摆手说："再等几天，观察看！"

蚊子又一天天猖狂起来。我静它动，我动它飞，我拍它逃，不时向我暗中伏蜇！

对这些小"生命"，我似乎处于无可奈何的地步。

一天，我无聊，想捉几只来玩玩。说来好笑，小时候什么蟋蟀、蚯蚓、蚂蚁都玩过，甚至金苍蝇也捉来，用手拧断它的头，看它还能飞多远。似乎唯独只有蚊子没有"玩"过，故此，看着一只蚊子，勇敢地叮在我的小腿上，我静候它吸得饱饱且醉醺醺的。猝不及防，我用力一"努"，哈！它的长嘴在我的肌肉里拔不出来，乖乖就"擒"了。别看这小东西，它也有自己独特的结构：一双透明的薄翅，三对有爪的细脚，一张长嘴像利针，略扁长的腹部，因吸我的血，充盈得红亮。一时我没有放大镜，看不出它是否有眼睛。如果没有眼睛，它怎能吸人畜的血呢？莫非它像蝙蝠那样，靠本身发出的超声波来引导飞行，引导吸蜇？一只蚊子在手，使我想起中草药的昆虫类，有许多也可入药，如萤火虫、蚁螂、虻虫等，不知蚊子可入药否？我翻开李时珍的《本草纲目》，也叫我一喜！在昆虫类中竟有记载："蚊子处处有之。冬蛰夏出，昼伏夜飞，细身利喙，咂入肤血，大为人害。"可惜书中尚未记载其"气味""主治"等。但从这段记载可以看出中国与热带的蚊子略微不同。中国的蚊子"冬蛰夏出，昼伏夜飞"，但热带的蚊子，冬不蛰，四季出，昼不伏，日夜飞。或许热带的蚊子"野"了，或许肚子饿了。

正当我胡思乱想的时候，耳边突然听到"啪"的一声，好像拍在我的胸脯前那样震惊。因为老伴被蚊子惹火了，居然也打起蚊子来了。

孔子曰："闻其声，不忍食其肉。"戒杀生，本出于"仁爱"。但"仁爱"也得有个界限呀！我想，对一切有益的生灵应当不杀。尤其对于受保护的飞禽走兽，更要奉行"戒杀"，而对一切害人虫，如蚊子，就不能心慈手软了。因为它不仅要饮人畜的血，而且还会传播疾病，如伊蚊①、按蚊②、库蚊③等。

不知怎么的，想着想着，我竟把手中的蚊子从"玩"到进行"酷刑"——慢慢地撕掉它的双翅，扯断它的六脚，以致用两手一捏，溅出一滴血斑。

此时，我耳边又听到"啪"的一声，老伴说："又拍到一个血淋淋的！"

我想，老是拍，即使是次次拍中了，也是无济于事，总要找到滋生的"蚊源"才行。

因此，我灵机一动，采用楼上分层观察；楼下分段——客厅、饭厅、厨房三段观察法。结果找到蚊源在于厨房。我拿了白石灰细心修补，凡是有洞的地方，以至一个绿豆眼儿

①伊蚊：流性乙型脑炎。
②按蚊：疟疾。
③库蚊：血丝虫病。

那么大的小洞，都堵住了。

心想，这下子，蚊子有天大的本领，也无空子可钻了。

没想到，蚊子比我想象得还聪明，依然还有空子钻进来。

这就怪了，我与老伴翻箱倒柜搜了一遍，却不见有滋生孑孓的污水瓶瓶罐罐。我不禁起了傻想：难道现代的蚊子，也有现代百般狡猾钻营的能耐？

还是老伴脑子转得快："会不会上半月隔壁修房子，搞坏我们的厨房顶？"

"对！"我茅塞顿开。由于两颗心能想到同一点上，便能通力合作。两对眼睛立即变成四道光束，在房顶上透明的塑料板上"扫描"。"扫"了一会儿，也没发现什么可疑的地方。

此时我的脑子突然比老伴转得快了："上二楼看看。"

真是居高临下，一目了然。原来是隔壁的新水槽，太迫近我家的厨房，有块塑料板被挤得微微翘起。

下楼来，我垫起了两张椅子向那翘起处平视，高兴地叫起来："真的有一道裂缝！"

裂缝堵住了，一时心情有如打胜仗那样痛快。

老伴也开怀地说："这下可算彻底堵住了。"

我也心血来潮说："我要写一篇《灭蚊记》。"

老伴"咻"了一声："难道这也可写成文章吗？"

我说："当然可以。文章就要写自己日常生活，引起心灵一亮一震的东西。写自己生活的故事，往往最好写，也最动人！"

　　老伴是个不懂写文章的人，毫无兴趣，把我的话当作耳边风。

　　唉！

啊！人心

挥毫嘛，许安在书法界是排不上号的。但他却喜欢在众人面前献"艺"。多数观者是当面奉承，背后讥讽。

一天，他朋友拿了张书法，请他"鉴赏"。他只瞥一眼，便眉头打皱，"哼"的一声，随手把它撂在桌子上。

从他刹那的表情，他朋友完全"读"懂他心里想要说些什么。

其实，他朋友要他看这张书法，目的不是真的要他"鉴赏"，而是醉翁之意不在酒，在于……

由于他朋友不便直问，只好绕圈子说，不久前参观了一所残疾学校，亲眼看到许多残疾学生都在学练手艺，像绣花、画画、挥毫写字什么的。

许安从嘴角冷冷地吐出："嗯！我每年都从信件中收到这类东西。主要是要人捐款嘛。"

他朋友指着桌子上的那张书法说："这是一个双手残疾

的十三岁女孩，用牙齿咬着毛笔，一笔一画而挥成的。她的书法曾在世界残疾人比赛中获首奖。"

这话也许引起他一点儿兴趣，伸手把那张书法拿过来看：两个大字：人心。落款：许丹。哦，还盖有他曾给她刻的印章呢！随即他的手和宣纸上的字都颤抖起来了。

的确，他也有一段难念出口的"经"。女儿才三岁，他就教她学写书法。本想培养她成为书法家，岂料由于婚外情，老婆与他离婚，并带着女儿走了。不幸的是有消息说她们母女遭了车祸，伤势严重。从此就不知她俩的下落。

啊！人心都是肉长的。此时此刻，谁能不想起自己的亲骨肉。

沉默一会儿，他突然抓着朋友的胳膊："我的女儿在哪儿？"

当天下午，他朋友带他见女儿去。到达那儿，正好有一批外宾围观他女儿挥毫。只见她穿着一袭黑旗袍，胸部伏近地面，嘴上咬着一管蘸着墨汁的大笔，脑后的马尾辫子翘得老高，小脑袋随着笔势运转而运转着……

在一阵掌声中，五个宽朗端丽的大字"身残志不残"在宣纸上腾飞而起。

许安愣住了。不知是一时情绪太亢奋，还是忏悔之心太沉重，他似乎觉得那五个大字，就像五把金光万道的利箭，嗖嗖有声，一起直向他心胸射来。

他好久好久叫不出那带泪的一声。

断臂

夜。

在天桥上，有个瘦削弯背盘坐的身影。趋前一看，原来是个手臂残断的老乞丐，花白的胡须随风飘动着。怪可怜的！这么晚了还不回家。也许现在经济不景气，讨钱也难了。我掏出点儿零钱给他。

冷不防一个黑影从我身边擦过。我手中的钱包魔术般不见了。由于本能的反应，我惊叫起来。

刹那间，那乞丐像只猛虎，霍地站起，急脱上衣，追赶前去。这一脱，又叫我大吃一惊——他并没有断臂呀！这究竟是怎么一回事？我的心脏几乎要跳到喉咙口了。哟，远处的那两个黑影搏斗起来了，比金庸小说中的武打功夫还要激烈哪。

一声惨叫，只见一个黑影倒地，另一个逃遁而去。

我惊恐地追着上去。哎哟！一个令人战栗的惨景出现在眼前：倒地呻吟的是那个赤膊的老乞丐。在离他身躯一米多远的地方，有一条血淋淋的断臂僵硬地握着我的钱包。

我赶紧把他扶起来，好不容易叫了一辆的士送到医院去。

第二天，我去探望他时，才得知他原来是个工人，在这次经济危机中失业了。为了养活一家老少五口人，在走投无路的情况下，当了乞丐。然而，好端端的一个身躯，谁会给钱呢？于是他把一只手臂藏在衣中装作断臂，又留了假胡须，装作老人。白天怕被人看出，只好天黑了才出来求乞……

他出院时，我问他今后打算做什么。他惨然一笑："现在断了臂，有什么工厂要我呢？"忍着眼泪的他，嘴唇颤动了一下，"我……只好一辈子做乞丐了。"

看来快要下雨了，乌云匆匆行走。我望着低矮的天空笼罩他渐渐远去的孤影，陡然一道耀眼的蓝光一闪，好像打开了我沉重的心扉。我良心发现似的追了上去："喂！别走，到我厂里工作吧！"

李嫂

　　她自从嫁给李家后，左邻右舍都叫她李嫂。她没上过一天学，在唐人街老哒叻一家杂货店前租了一块丈方地盘，摆摊儿卖水果，像荔枝啊、梨子啊、葡萄啊、柑橘啊什么的。她的大半生岁月几乎都是在这块丈方地盘度过的。周围接触的多是唐①人，说的多是唐话，卖的多是唐货。

　　她怕自家的子孙后代不会说唐话，便定了一条"家规"：子孙回到家里，跟她讲话不许说泰话，都得说唐话。每当伸手要钱时，她总要用唐话问：拿去做什么。小孩得用唐话回答，如果说不出，就不给钱。这样久而久之，一家大小都会说唐话了。

　　1992年，泰国政府解禁中文教育。一天，有位中年妇女

_____

①唐：此处指潮州。

向李嫂买东西，说的是什么话，她听不懂，就用泰语问："买什么？"妇女指着雪梨。李嫂又用唐话问："要几斤？"那妇女用中国普通话说："要三斤。"李嫂觉得她在说外国话，就像哑巴似的比着手势。那妇女举起三根手指。她便称了三斤，等到合计钱时，双方又比画了老半天。

李嫂看那妇女是黄皮肤，黑头发，圆脸庞，单眼皮，便问：看你是唐人，怎么不会说唐话？那妇女又叽里咕噜说了话。李嫂好像鸭子听雷。此时，恰好在旁有位顾客懂得汉语，便当了义务翻译说："唐话是潮州一带的土话，中国标准语是普通话，是全中国通用的。"

李嫂第一次听到普通话，以为是外国话。因为在她脑海里：唐人就是中国人，唐话就是中国话。

1994年，泰国各地有如春笋般办起华校。一天晚上，李嫂回到家里，孙子正好在书房大声朗读中文课文。李嫂笑眯眯地坐在沙发椅上静听。听着，听着，两道眉毛皱得似两条苦瓜：怎么一句也听不懂？她轻轻地拍打着孙子的肩膀用唐话问："苹果怎么读？""叫 ping guo"。"梨呢？""叫li。""葡萄呢？"

"叫……"孙子被问倒了，傻乎乎地摸着自己的平头。李嫂却十分满足，重复地用普通话念着那几个词，生怕溜走似的。

90年代末期，泰国掀起学习"中文热"。李嫂的心也热起来，进了一间华文夜校学习。那晚她走到课室门口往室内探头一看。啊！没有一个比她老的学生。

平时她不知什么叫作"面子"，但今晚在年轻同学面前，倒变成一个似乎过不了"面子关"的了。她心慌意乱，脉搏加快，正想转身走，这时正好与进课室的教师碰个满怀。李嫂不好意思地抬起头，不禁愣住了：她……她就是那个第一次跟她讲普通话的人。

嗯，真是不打不相识。李嫂被那位曾打过交道的老师"请"进课室里。

李嫂活到六十多岁，坐在课室里，仿佛忘了自己的年龄，第一次享受到迟来读书乐的春天。

也许她与老师前世有缘，师生关系好像母女。李嫂有时提一袋柑橘给老师，老师就会告诉她："这是潮州椪柑，是你家乡的特产。"有时送几斤荔枝，就顺嘴问："这是什么荔枝？""这是广东番禺糯米糍。"

李嫂年纪虽大，课文生词往往从这耳边进，又从那耳边出，但一旦结合做买卖实际，脑子即刻变成一台处于输入状态的电脑，因而学到许多课堂上学不到的东西。

不到两年时间，她会用普通话向中国内地、台湾、香港人推销她所卖的东西了，像什么潮州椪柑、漳州红橘、新会甜橙、淡水沙梨、檀香橄榄，甚至像广东番禺罗冈的糯米糍荔枝啦、日本的红富士苹果啦！

真想不到，李嫂全家在她带动下都赶上学习中文的热潮。谁知李嫂又挖空心思定了一条家规。一天，全家围坐在一起吃晚饭，七嘴八舌说潮州话，好不热闹。

　　李嫂清清喉咙："从明天起，在家都得讲汉语。"儿子孙子顿时哗然。

　　李嫂板起脸孔，瞪着眼睛，大手狠狠向饭桌一捶："谁不讲汉语，谁回家就别叫我，也不准讲话！"

　　霎时，鸦雀无声……

老店主

在离我家不远的地方，有间低矮木屋的夫妻店。店前有三棵老高的椰子树，也许是三代老祖宗留下来的"遗产"。店铺老且小，但"五脏俱全"。水果、蔬菜、柴米油盐什么的，样样都有。

店主是个围纱笼的泰国老人，有点儿驼背，名字叫什么，我从来没问过他。每当进店买东西，他总是点头微笑，轻声细语地问："要些什么的，随意拿！"

是的，我也似乎习惯了。要什么的，总是自己伸手拿，把东西堆放着，让他称，让他合计，从来不问价格，也不曾讲过价。有时问他："这东西怎样？"他总是如实说。比如跟他买芒果，酸的就说酸的，甜的就说甜的，你可百分之百相信。

有一次，我买了一斤红毛丹、一束香蕉。他用嘴一合算："正好五十铢。"我拿了一张紫色钞票给他，便提了东西，转身就驾车走了。事情也真巧，事后，我到国外去了。

大概过了半个多月，我到他店里，他妻子向我打招呼后，便进屋里叫丈夫出来。咳！半个多月没见，怎么他瘦成这个样子？我以为他要请我看病，便问患了什么病。他说患了登革热，刚从医院出来。他边说边掏出一沓早就用旧报纸包好的钱："这是上次该找你的四百五十铢。"

我愕然。

"你上次给一张紫色的钞票是五百铢，不是五十铢①。当时我正要给你找钱，你就走了。""算了，就给你吧！""不行！""那就给你治病吧！""也不行，我家有一条老家规：不该赚的一铢也不能多要。"

不知怎么的，接过这钱，我的手有点儿颤抖，也许是心灵的颤抖。四百五十铢，本是区区的钱，却叫我大半辈子苦苦寻找"诚实人在哪里"有了较清晰的答案：在底层。

事情过了好几年，一天，他店铺只打开一道门缝。我探头一望，见他妻子躺在帆布椅上，用手招我进来："我不舒服，要什么自己拿吧！"我问他丈夫不在吗。她哽咽说："昨晚被警察捉走了。"我惊诧："为什么呢？"她凄惘："警察说他偷东西。"

----

①泰国钱币中五百铢与五十铢颜色相近。

唉！一个刚在我心底树立起来的"诚实人"的形象，怎么会偷东西呢？我一时思想转不过弯来。她泪流满面："警察局要一万铢担保金，才能放出来。"她停了片刻，又擦着泪说："我家哪有那么多钱？"

　　也许是我相信他是个"诚实人"的因由驱使，掏荷包算了钱，还够担保金，便说："走，坐我的车担保去！"

　　奇怪，我好不容易才把他担保出来。他坐在我车上，却一言不发。等到进店里，他"吧嗒"一声，跪在我面前："先生，您……相信我……是小偷吗？"我马上把他扶起来："如果我相信，怎么会担保你呢！"

　　于是，他向我诉说被捉的经过：那晚他正在关店门，突然一个黑影闯进店里，一闪又从后墙逃走了。随即两位警察冲进来，发现地上有个抢来的手提包，包里的东西全不见了。人啦！只有他俩，便不由分说，把他带走了……

　　提到担保金一事，我说等到案子了结后再说吧。"不能，不能！"他央求说，"我每天还一百铢，可以吗？"

　　"以后再说吧！"我怎能忍心收回这样的钱呢！便转身驾车走了。第二天晚上，我正在灯下看书，不知他是怎么寻到我家来的，说要还我一百铢。我不肯拿，他却哭了似的说："不行，我家祖辈从来没欠人家的钱。现在我欠您钱，一定要还清。""嗨呀！你也太……"他屈指一算说："我店里每天能赚两三百铢。要是一天还一百铢，一万铢还一百天，不就还清了吗！"

当我的手无奈地接过这轻轻的一百铢时，却叫我惶惶的心头感到那么的沉重，几乎要变成一种威压。

还了九十八天的那晚，他显得格外高兴地说："再两次就还清，太谢谢先生了！"

但还我最后一张一百铢时，他却没有"卸债"一身轻的亢奋，反而心情十分沉重地说："明天警察局要我上午十点前去。"

经验告诉我：诚实的人可歌可颂，但常受欺受骗受冤。

我怕在审案时，他不懂先塞点儿"桌底钱"，冤案也是难昭雪的。于是，我说："我有个好朋友是律师，明天我请他陪你去一趟。"

噢！只见他"吧嗒"一声又跪下了。

捻耳记

　　年近七旬的王大妈：矮、皱、瘦。几十年来，站在秤盘上秤，总是二十九公斤。在家里，白天儿媳到公司办事，孙子上学校，里里外外她是一把手，是个总管家。不知从哪年哪月起，她就养成捻耳的习惯：每次太轻信人家的话，受骗上当，或差点儿落入圈套，就用大拇指与食指在自己的耳垂上轻轻捏一下，以示要谨记，别再重犯！

　　据她自己说：三年前，就开始用一个本子记录，每捻一次耳朵，画一笔，至今共画了十二条杠杠。平均每年四次。但不知怎么搞的，也许今年生意不景气，股票猛跌，市场萧条，生活太困难，因此，社会上的骗人伎俩，五花八门，层出不穷，真叫人防不胜防。今年才过了四个月，王大妈已捻了三次耳朵。有人指着王大妈的耳垂逗笑说："大妈！看你这样捻下去，恐怕你的耳朵会长出半个来！"王大妈摆着手道："去去去！难道你该捻耳的事会少吗？"

现在说说王大妈今年三次捻耳的事。

一月三日下午，王大妈独自在家。有人按铃，王大妈隔着铁门一瞧，是个戴着圆帽的骑士，屁股还坐在摩托车垫上，急问："这是坤谐的家吗？"王大妈即答："是！"

"坤谐的汽车在碧盛路坏了。我是他朋友帮他推去修理。现在快修理好了，可是坤谐的钱不够，还欠三百五十铢！"

王大妈还有点儿警惕性，问："什么车？"

"多腰打。白色的。"

"车牌几号？"

"哦！记不太清楚，只记得最后两个字：七三。"

王大妈暗想："他答得全对！"于是，她从头到脚瞧着他，觉得他的仪表和穿戴，都不像骗子呀。

此时，太阳已偏西，王大妈担心孙子放学，没车去接，便蹙着眉头说："车修好，叫谐儿马上去学校！"

"是的，大妈，坤谐也很焦急，怕孩子在学校等久了，会哭的，所以叫我骑摩托车来拿钱。"

一向疼爱孙子的大妈，听他这么一说，耳朵又轻起来，说："那好吧，你等等。"王大妈转身上楼拿钱去了。

不料这时门铃响了三下，王大妈惊喜，"哦"了一声说："孙子回来了！"王大妈匆匆下来，急问孙子，"你怎么回家的？"

"爸爸载我到巷口。爸爸说他的车很脏，要到油站洗车。"

孙子天真地回答。

说时迟，那时快。那个戴着圆帽的骑士，发觉情况不对劲，立即脚蹬手转，开动摩托车，"嘟嘟"地走了，屁股后冒出了一道浓烟。

王大妈如梦初醒，摸着孙子的头说："好孙子，你回来得真及时，不然婆婆又受骗了！"

孙子莫名其妙地抬头望着婆婆，只见婆婆在捻自己的耳朵。

三月六日上午，王大妈提着菜篮，正要上哒叨买菜，门口忽然驶来一部红色的小轿车。右车门打开，走出一个打扮不俗的中年妇女，笑嘻嘻很亲热地用潮州话打招呼："大妈这么早就上哒叨呀！"大妈抬高松弛的眼睛看着她问："你是谁？"

"哎呀！大妈不认得我了。那天你到龙莲寺拜佛，人挤来挤去，大妈差点儿跌倒，是我马上扶着你的。"

王大妈一想："真的也不错，几次差点儿跌倒，都有斋友相助。"如今见到斋友，如见到菩萨心肠的人，便说："外边天气很热，请进屋里喝杯茶。"

尾随着那位妇女进来的，还有一个衣冠楚楚的中年男子，双手捧着一尊约有一尺高的铜像。

王大妈正忙于倒茶，就听见那位妇女说："大妈一向善心，每年生日，不是到养老院，就到孤儿院捐钱，真是功德无量。"

王大妈听到有人赞扬她积善、积德的话，便笑在眉上，喜在心里："是呀，别人生日，请吃桌①，我勿！把吃桌的钱，拿去添汶②！"

那位妇女顺水推舟说："大妈的善心，谁不知道，连我们某某善堂的理事长还赞扬你呢！"说着从旁边的男人手中接过那尊佛像说，"大妈，今天我们理事长本来要亲自来送的，由于临时有急事，不能来。"

王大妈看到捧在她面前的是尊三保公佛，虔诚之意满心窝，立即合十敬拜："三保公佛祖保佑！"

"大妈诚心，如果捐三千五百铢送佛祖一尊！"那位妇女满脸堆着笑容说。

王大妈早就想"租"③尊三保公佛来家保平安了。现在有人送上门来，"租"金也不贵，又是捐款做善事，王大妈当然没拒绝，便轻易答应下来。但她清点在家现有的私钱，才五百多铢，加上买菜钱，共六百多铢。

那位妇女乘机说："大妈，那先捐五百铢好了，剩下一百多铢可买菜。明天一早，你再准备三千铢，我再拿佛给你。

---

①吃桌：潮语，吃酒席。
②添汶：泰语，捐献善款。
③租：泰国人买佛口叫租，以表尊敬之意。

现在我们急着要到某某侨领的家去！"

于是王大妈把一张紫色的五百铢钞票，放在掌心上，双手合十，半闭眼睛，喃喃说些保佑之类的话。那位妇女接过钞票，抱起三保公佛，在王大妈眼前一献说："愿三保公保佑合家平安！保佑孙子读书考第一名！保佑儿子步步高升！保佑王大妈活到百岁以上！"这些话，句句说到王大妈的心里，说得王大妈憨憨地笑个不停，说得大妈那晚躺在床上还觉得挺舒服，并做了个甜梦。

第二天，王大妈一早就吃斋，还特地到哒叻买了四个柑橘，穿得整整洁洁，满脸欢喜地一直等到孙子放学回家，还不见他们的影子。王大妈捻着自己的耳朵，喃喃地说："真没想到，他们连佛祖都拿出来骗人！"然后，用干瘪的手招呼孙子说，"来来来！把盘里的柑橘拿去吃！"

四月五日，电话铃响了。王大妈拿起电话筒，一串串的雅话传入王大妈的耳膜。

"哈啰！是坤谐的家吗？"

"是。"

"哦，那你是坤谐的妈妈！"

"是！"

"你的孩子真能干，现在已升为经理了。他们的公司常在我报登广告，是我亲自处理的，总把他们的广告放在显要的位置。现在我们的报纸为了纪念四十周年，出了纪念特刊。

今天就亲自上门送特刊，并请光顾本报一年，报费优价，全年只收一千三百铢。到时还会恭请坤谐与大妈共同出席庆祝会！"

王大妈被说得乐滋滋的，心想：这个月，孩子正交代订份中文报，因为现在的生意日益与中国内地及台湾、香港地区打交道。于是她掐着手指细算，订全年的报费，可便宜约五百铢，便满口答应了。

放下电话，王大妈边喝热茶边想：原来订的报纸，是先派报纸，后拿钱。现在一下子要先收全年报费，这里面可能有问题。王大妈自语："还是让我先打电话问问报馆有无这件事。"她戴起老花镜，在两本厚厚的电话号码册里，翻来翻去，找了老半天还是找不到。

忽然门铃响了，王大妈在阳台伸头一看："是谁？"

"刚才大妈答应陈先生订一年报纸，现在我送来特刊，并来收一年报费。"那个戴着圆帽的骑士抬头望着大妈说。

也许由于王大妈经常捻耳之故，这次耳朵不会那么轻了，立即舌头打了个转说："哎呀！现在孩子不在家，我的手头又没钱。这样好吗，你把陈先生的电话与泰文真实姓名留下来，今晚让孩子再联系？"

那人有些慌张，不肯说出电话号码与陈先生的泰文名字。

王大妈便打圆场说："记不清楚也不要紧，回去告诉陈先生，今晚八点钟打电话联系。"那骑士"嘟嘟"把车开走了。

那晚，王大妈等到深夜，陈先生还没来电话，便自言自语说："可能又是骗子，差一点儿又受骗了。"于是她又捻着自己的耳朵上床睡觉去了。

王大妈捻耳的事，也许听来有趣。但如果每人都像王大妈那样严格要求，想想自己，也必定有不少该捻耳的事吧！

捻耳的事，启示我们：人的一生，往往是活到老，学到老，也受骗到老。

土地

今晚，李国土约我到他公寓，说他自传体的长篇小说即将脱稿，帮他定个书名。噢，老朋友！唯一的一位台湾朋友，今有求，我能有什么不去的托词吗？

我怕太晚了，匆匆来到他公寓。用人开了门，望着右边的房间，灯还亮着，书架上的书摆得整整齐齐，案上的书东倒西歪。他右手握住笔管，额头伏在一沓手稿上。

他是那样安闲，我以为他太累了，就让他多休息一会儿吧，便悄悄躺在客厅的沙发椅上，望着茶几上摆设着的孙中山先生和鲁迅先生的塑像。也许是自己困了，不知不觉也就睡着了。

当我醒来时，还见朋友以刚才那个姿势睡着。我走近他身旁，轻轻地拍着他的肩膀，小声叫着他的名字："国土。"没应。再连叫三声："国土，国土，国土！"还是没应。我伸出三个指头把他的脉，才发现脉搏不动了，肢体也已僵硬了。

嗨！他走了，永远地走了。

李国土才六十九岁，怎能不告而别呢？

在治丧期间，他的独生女儿从台湾赶来，问我她父亲留下什么遗嘱。我说："没见他有什么遗嘱。只是平时在闲谈中，他有一种叶落归根的固念。"

我把他的自传体长篇小说手稿交给她。她一页页地翻着，好像要从中寻找她父亲有什么遗嘱似的。突然，我眼前一亮，想到书稿中的主人公——李忠土在最后部分有这样的话："我出生在中国闽西一个偏僻的山村，是那里的山水把我养大。中国台北给我一个打不烂的技术铁饭碗。泰国给我一碗永远扒不完的香米饭。万一有天我走了，请把我骨灰分为三份，分别撒在闽西、台北、泰国的土地上。所剩下的身外物，最终的心愿是能在出生地建所小学，让我在天之灵能天天听到琅琅的读书声。"

我把这段话的大意告诉他的女儿。只见她沉痛地点头，眼中忍不住流下泪水。

灵柩放在越里诵经三天。火葬那天，国土的女儿第一个走上火葬台，点着一束檀花香烛投入棺木之下，合十一拜，作最后告别。

她离开泰国之前，把她父亲的手稿交给我，要我帮助修订后出版。对于父亲的骨灰，她把它分成三份，一份亲手撒在泰国的土地上，两份带回去，说明年清明扫墓时，把一份带回闽西，撒在父亲的出生地，然后在家乡捐资建一所学校。

在修订他的长篇小说遗稿后，凝视着书名的空白，我的心灵腾至天宇，有如贝多芬所说"打进心坎的艺术来自天"，顿时在那空白处仿佛闪现两个大字："土地。"

走山巴

　　最近，常有"小道消息"飘进我的耳朵里："郑强在山巴金屋藏娇。"我与郑强的太太是表兄妹，岂能不闻不问？但要怎么问，这倒要讲究点儿"艺术"呢。

　　一天晚上，我到他家里，他太太和几个孩子正在吃饭。

　　"郑强呢？"我装傻地问。

　　"去了山巴。"她放下筷子。

　　我的心"咯噔"一跳："莫非他真有……"我不敢开口，只瞪大眼睛看她一眼，想从她表情上捕捉到一点儿蛛丝马迹。

　　或许是我的眼力太差，在她那淳朴温和的脸上竟没发现什么异常。

　　我又开口了："郑强什么时候常走山巴？"

　　"自泰国经济危机后。"她边说边冲功夫茶。

　　我呷着热乎乎的功夫茶："不走山巴不行吗？"

　　她叹口气："现在不亲自去外府推销货物，曼谷店面无生意。"

"常到什么地方？"

"常到泰北一带。"

我的心又"咯噔"一跳：这还了得，泰北清迈府素有"美女窝"之称。常言道："英雄难过美人关。"

有人形容走山巴的生活是"羁旅天涯，舟车倥偬，处处有家"。当然，这个"家"可有不同的诠释。

我想用话去套她的话："郑强一出去就得十几二十天，你放心吗？"

"现时的男人哪个可放心？"

"有人说，走山巴，走山巴，小心走出另个家。"我念了一句顺口溜。

谁知这顺口溜倒射中她的心，只见她嘴唇嗫嚅，好半天才吐出一句话："我对他直说了，想到外边什么浴室找女人，只要别带进家，每月花它几千铢，我可不管！"

我的心又再"咯噔"一跳：好一个看破红尘而敢于面对现实的现代女人。

她咬着嘴唇，双眼直瞅着正在吃饭的孩子："但有一条：只求他不要在外面另找。如另有，不要带回家吵吵闹闹，害了这群孩子。"她说着，几滴泪珠滚落到她的腮边。

我怕给她增添辛酸泪，便转了话题。

转眼几年过去。一天晚上，在一个亲戚的婚礼宴会上，我正好与郑强夫妇同桌。

当手挽手的新郎新娘步上红毯时，我赞许新娘长得挺漂亮。郑强妻子高兴地把嘴靠近我的耳边："你知道那新娘是谁牵线的？"

"是你。"我随意一指。

"不，是他！"

我朝着郑强笑道："你真能干，居然当起红娘来了。"

郑强憨厚地一笑："新娘是我老友的女儿，我到清迈经常到她家去住。他女儿是个好闺女，我就介绍她和二哥的儿子认识。可能他们前世有缘吧，一见钟情。"

或许是我太过敏感，思绪的闪电即刻与"小道消息"挂钩。

这时他太太伸手夹菜，我见她手上戴着一枚钻石戒指，便夸："好漂亮！"她被我一夸，喜滋滋地把戒指摘下，递过来。我边观赏边啧啧称道，"值十万铢吧！"

她笑着点头："你的眼力真不错。"

"谁买的？"

她的眼光落在郑强的笑脸上。

"哎哟，看你走山巴，赚了大钱啦。"我半开玩笑。

"哪能赚大钱，我只会赚小钱。"

"赚小钱，怎么能买这么贵的戒指？"

"是几年来把那些不该花的钱省下来的。"

“省哪方面的钱呀？”我故意追问。

郑强也许感到问得太突然，停顿了片刻，有几许羞涩：“你问她。”

他太太机敏地把话丢过去：“你问他。”

两人像小孩儿般推来推去，越推就越难说出口；越难说出口，就只好“激”得有如喝了陈年的老酒，满脸通红，恰似台上新郎新娘胸前别着的大红花。

我心中已有数，就算了吧！别再“追”他们俩说出那些枕边话。

头一遭

1944 年，我的朋友汉平，越洋过海到中国参加抗日战争：从普通一兵，到指挥千军万马的将领。今天下午，他首次回到阔别近五十年的泰国探亲访友。在机场相见时，我给他挂上香喷喷的茉莉花环。他弯下结实高大的身体，爽直豪放地笑。我紧握着他那握过枪打过"鬼子"的手，也憨憨地笑了。

出乎意料的是汉祥没到机场接他。他们俩的关系亲密无间，在中国抗日战争期间，汉祥还两次晓行夜宿到江西"干校"探望他。今天出现的情况，即刻在他眉宇间凝聚成一个问号。我几次从机场挂电话到他哥哥家里去，都没人接。"好吧！先到旅店去住。"汉平说。我要帮他提行李，他忙说："不用，这小家伙轻得很！"他肩挂照相机，手提大皮箱，虎步腾腾地跟着我走。

在旅店里，我又几次给他哥哥挂电话，直至深夜十二点，电话才接通。听电话的是他哥哥的女儿碧尼。我问他的爸妈到哪里去了，她说："不知道。"我问他的叔叔从中国来知道吗，她说："知道，昨天已收到电报。"

汉平站在我的旁边，把眉头皱得老高，凭他南征北战的经验，警觉到许多不正常的因素存在，可能他哥嫂骤然出了什么事。于是他当晚要我陪他到哥哥的家里去看看。

我们按了几次电铃，才见碧尼胆怯地来开门。她见到我们，旋即抽抽噎噎地哭起来。

经过再三盘问，她呜咽说："爸妈生意失败，今早有人带波立来逼债，爸妈从后门逃走了。"

"你知道欠多少债吗？"汉平急问。"具体数字不知道，只听爸妈说，把缝纫机和积压的成衣卖了，大约还欠三十万铢。"

"大约等于十万港元。"汉平略思索说，"这样吧！你想办法找你爸妈回来，欠的债我帮忙还清！"

我与碧尼都半信半疑看着他。

"夜深了，我们回旅店去。"汉平对我说。

路上汉平坦然地告诉我，五年前，他退休后，便和几个"老八路""下海"经商，与外资合搞房地产，赚了千把万元，现在是属于先富起来者。

第二天，汉平竟然拿出十万港元，要我陪他到银行兑换为泰币。

我感叹说："我活了这大半辈子，只见人们拿钱到中国给亲友，而像你这样从中国拿钱来给泰国的哥嫂，还是头一遭呀！"

　　他听了爽朗地哈哈大笑，把那握过枪杆的铁钳般大手搭在我肩膀上说："这可能到了风水轮流转的时候了！"

消失的曲声

王巧玲，原名叫什么，谁都不知道。她生于东北，从小被卖到潮州戏班子。她开始学讲潮州话，跟着师父学唱戏。

人长得挺漂亮，嗓子甚甜美。她十六岁已红透了曼谷耀华力路潮州戏坛。

自古红颜多薄命，王巧玲的"命"也很不幸：

1965 年 5 月 3 日，丈夫抛弃她，她抱着仅一岁的女儿，触景伤情，唱起一段经她改编的戏曲："王巧玲，命中不幸，凄惨重重……"

2004 年 12 月 28 日，她的女儿被海啸卷走。那晚在"越"里念经祭魂，她声泪俱下又唱起："王巧玲，命中不幸，凄惨重重……"亲朋好友听了都泣不成声。

2011 年 10 月 25 日洪水淹及她家二楼，她爬上屋顶，见到天来之水，浩浩荡荡吞噬了她的老屋。她恐惧、她伤心。悲伤到极处，她似疯似癫地唱起："王巧玲，命中不幸，凄惨重重……"

第一天，唱曲声惊天动地。第二天，只有周围的人听到。第三天，只有她自己听到。第四天，只有水听到……

佛缘

提起我的儿子当和尚的事，只能用一个"缘"字来诠释了。

二十三年前，我的儿子还像一只跳呀蹦呀的小羊羔。一天傍晚，几个老太公、老太婆，坐在门口逗他玩，突然，我的妻子捧腹大笑，向我喊着："快出来看呀！"

"究竟有什么好看？"

"哎哟！你问问你的孩子刚才说些什么呀。"

只见伏在母亲怀里的孩子，朝着我调皮地做着鬼脸。

妻子继续笑着说："刚才大家问你的孩子，长大想当什么，你猜猜，你的宝贝儿子想当什么呀？"

"这么小的孩子，怎么懂得将来当什么呢？"我嘀咕着，但为了凑凑逗笑孩子的欢乐，我伸手抱过孩子，并举得高高地问，"孩子，你将来想当什么？"

只见他抿嘴一笑，说："当和尚！"

"哎哟，当和尚？"我顿时也感到惊讶。

"孩子，你知道吗，当和尚是要剃光头的。"

"嘻嘻！"儿子调皮地摸着自己的头，惹得妻子和几个老人都跟着笑起来。

这件事，我以为是小孩开玩笑罢了，也没有放在心里。

进了小学，儿子学习成绩不错，每次期末考试都名列前茅。一天，我送他去学校，恰好在校门口碰到班主任。她指着我的儿子说："你的孩子是班里最调皮的学生。"

孩子的调皮，做爸爸的，早就知道了。因为左邻右舍，经常向我"告状"，说我的孩子与他们的孩子玩时，经常出一些奇奇怪怪的新花招。

可是，这次班主任"告状"，却带我去看儿子的座位。

哟！他把桌子当画簿了，桌面、桌旁，甚至桌里，都用圆珠笔画得花花绿绿，有花有草，有狗有猫，甚至叫我心灵一震的是，还画了手托化缘钵的和尚，以及光着圆头的小沙弥。

当然孩子画画，一般都是随意画出自己喜爱的东西，而我的孩子却画出和尚与沙弥，未免令我想得很远，甚至想到那晚逗他玩而他说长大要当和尚之事。

回到家里，我告诉了妻子，而妻子是个清晨念经拜佛的人，自然地联想到人的轮回："也许这孩子是和尚来投胎的吧！"

这句话，虽半开玩笑，但它一直深埋在我的心底，似乎是一个没有谜底的谜。

往后，儿子顺利考上了国家设立的重点中学。

不知是学习紧张，还是到了一定的年龄，他的性格突然起了一百八十度的转变，由"动"转为"静"，经常一个人静静地在书房里看书一整天，甚至几天几夜。

每当假日，尤其是什么佛节，儿子总要我驾车到佛教城。一到那里，儿子便用自己平时积存的钱去"添汶"，然后领来三份"供品"——一朵莲花、一根黄烛、三炷清香，给爸妈各一份，自己一份，跪在屹立在白云间的释迦牟尼佛祖前，合掌顶礼膜拜。

儿子高中毕业，便考上朱拉隆功大学医疗系。虽然功课紧张，但他不知道从哪里学来的，每晚睡前，不是盘腿禅定，就是屈腿静站练功。

也许由于"静极生动"之故，也或许由于"内在的开悟"，他似乎无师自通便得了"功夫"，如醉拳、猴拳等。看了其动作，真如电影中的"武姿"，令我不禁也信人体存在某种特殊性质的"功能态"。

我悄悄对妻子说："你曾说，这孩子可能是和尚来投胎的，如果是真的话，这和尚恐怕是少林寺里的和尚吧！"说得两人捂嘴暗笑。

一次，上佛堂拜佛，偶然遇到一名相士。妻子把儿子的生辰八字给他。只见他的眼睛半闭半开，轻轻地扳动着十个指头："这孩子啊！灵性很高，佛缘很深，心灵向往着圣境——佛国。"原来我是不太相信相士们的话，但不知怎么的，这次听了那几句话，心里"怦怦"地跳。

"你的儿子要戒吃有高灵性的东西，比如牛肉、龟肉、鳖肉等。"那相士劝诫般地说。

我笑道："对儿子吃的东西，绝对没问题，大权掌握在他妈妈的手里！"谁知坐在旁边的妻子，却伸手向我大腿一拧："难道你没有权吗？"

大学三年级期末，一天傍晚，全家在吃饭的时候，儿子正式提出来了："爸妈，学校暑假组织集体剃度当和尚，我们班有六人参加，我也准备报名参加。"

对儿子想当和尚之事，因为思想早有所准备，听起来，并不感到太突然，何况泰国笃信佛教者，都喜欢让自己的儿子出家当一次和尚。但我家毕竟还是有华裔之血统，在家族中，主动出家当和尚者还没有，因此，我思想上又有些迟疑。

谁知在这个问题上，妻子比我更开通。她抢先表了态："孩子！有这样集体当和尚的好机会你就去吧！"

这次倒轮到我向妻子拧大腿了："你怎么这么快就答应？！"

"你懂吗？孩子主动去当和尚，是来报答父母养育之恩的！"哈！你看，孩子的妈，在关键时刻便向孩子一边倒了。

儿子当和尚之事，在亲友中传开了。有人问我："你只有一个儿子，舍得让他去当和尚吗？万一他不愿意还俗，你怎么办？"我的思想毫无准备，一下子被问傻了，只觉得胸中的那颗心慌乱地跳动。

那天的剃度仪式，是在朱拉大学小礼堂进行的。

剃度前，我望着自己的儿子，把头发洗得干干净净。心想，平日，孩子把那头修剪得恰到好处的黑发，看作是决定英俊、潇洒的"宝贝"，如今将要落发，他心里不知有什么感受。

削发开始了，只见儿子心情那么平静，端坐在椅子上，合掌闭目，仿佛脱离了尘俗，寻找到了一条宁静的生命之道路。

我与儿子的妈妈，先在他头上剪去了一小撮头发，随着亲友也轮流各剪一撮头发，最后由僧人把余下的头发，而且连眉毛也刮净了。

由此，我的儿子与二十几位削发的同学，都先身穿白色袈裟，到指定的寺外，手持白莲花、香烛，绕走三周，然后进到寺庙里，披上黄色袈裟，遵守二百二十七条戒律，开始了出家生涯，当了行脚云游的苦行僧。

从出家到还俗，时间限定为三个月，每当妻子拿起饭碗，就想起孩子每日只进一餐的事，担心地说："孩子会不会饿坏了？"甚至唠唠叨叨要我去看他一趟。

也许我过去曾饿过肚子，知道饿就是那么一回事，只要一咬牙就过去了。而我的儿子一生下来就吃好穿暖，不曾尝过饿的滋味，此次，他自愿远行去苦修，无疑是他人生旅程中的一次锻炼。因此，在这点上，我的心却比妻子"硬"得多。

好不容易等了一个月，一切担心都是多余的，儿子不仅还俗了，而且身体依然结结实实，没有一点儿饿着的消瘦，只是比原来黑了一些。看他身上披着黄色的袈裟，手托着化缘钵，赤着脚，光溜溜的圆头，笑眯眯的脸蛋儿，俨然一尊佛的形象。于是，我给他拍了一张站立的标准照片，至今还挂在墙壁上。

奇怪！自从他还俗后，直至大学毕业，他没有再提当和尚之事，他的妈妈便半开玩笑逗他："还想当和尚吗？"只见他嘴角一笑说："当过了！"

妻子似乎顿悟到了什么似的，高兴地对我小声说："好了！终于圆了孩子的佛缘梦。"

附录

厚积薄发，后劲与日俱增

——泰国曾心访谈录

陈 勇

陈勇（中国作协会员、小小说作家网特约评论家，以下简称陈）：您对散文、小说、诗歌、评论等都有所涉墨。您认为各种体裁之间的相互作用与影响体现在哪些方面？艺多会不养家吗？

曾心（泰国作家，以下简称曾）：我觉得作家在学习上、阅读上，不可视野太窄，"博观"十分重要。作家知识视野越广阔，思路的天地也越广阔，获得创作的机缘就越多。我原来是学文的，后来又去学医，在任中国医学史教学时，发现了"医"与"史"之间，有个空间地带，它既涉及"医"，也涉及"史"，还涉及"文"。如果我没有"文"的基础，就无法去"开垦"这一"边缘科学"的领域，写出那本带有较浓厚文艺笔调的医学随笔《杏林拾翠》（此书原由广东科技出版社出版，二十五年后，百花文艺出版社新版）。如果我没有学医，后来也无法写出带有某些医学知识的微型小说

《三个指头》、散文《大自然的儿子》、《一坛老菜脯》、评论《给泰华文学把脉》等。

世间没有一种孤立绝缘的艺术。我觉得各种文学体裁有意或无意地在互相作用、渗透和影响。小说、散文是外视点文学品种，小说旨趣在于演绎故事，散文钟情于绘画外在世界。诗是内视点文学。我写叙事散文，力求情、景、议融合的同时，喜欢用白描，并掺有一些情节，虽不完整，但增加了吸引力。写小说，写到关键处，我也喜欢用白描，甚至用散文笔调营造环境、人物、情节的氛围。写评论，在抽象思维的基础上，我也喜欢用形象思维，使语言有些情趣和文艺色彩。写诗歌（六行内小诗），注重抒情，营造意象，必要时也用内视性的"议"，使诗自觉地从生活中升华起来，甚至还用上了微型小说"最后打击力量"的欧·亨利式的结尾。

俗话说："百样通，米缸空。""艺多"能不能养家呢？泰国是个商业社会，难以单独"从艺""从文"。泰华的作家，几乎都是亦商亦文，以商养文，"文"是副业。我觉得在商场里，开始"打滚"时，如能"百样通""艺多"，机遇往往会更多些。单独从文，不管"艺多"或"艺精"，都难以避免"米缸空"，养不了家的困境。

如果从狭义来说，"艺"是文学，"家"是精神之家。我也说不清，自己在哪个文种成了"家"。多数评论家、学者、作家肯定我的散文和微型小说的成就；吕进教授却说我的

"主要的成就在诗，诗的主要成就在小诗"；司马攻先生还说"文学评论是曾心的十八般武艺中的一个强项"。呵呵！看来我是个随着个人的视觉和喜爱而无一技之长的"家"了。

陈：《三个指头》被中国当作"初二语文试卷"和"九年级语文统练试题"（浙江教义版），载入《世界华文微型小说双年选2000—2001》和《世界中学生文摘》。请您谈一下此文创作过程。

曾：中医四诊：望、闻、问、切。"切"就是切脉，也叫把脉。"把脉"靠的是三个指头。三个指头，往往可判断其医术的高低。由于职业关系，我不仅与病人接触，也接触许多老中医，他们一生没有属于自己的时间。行行有退休，只有老中医没有退休。中医越老越吃香。加上当时泰国华文教育断层了半个多世纪，中医很难找到"徒弟"，传承似乎到了"绝路"。当年，我看到几位老中医，"硬挺着一把老骨头，死挑着这古老中华国宝的行当"，心里既感动也不好受。因此，我很想写一篇围绕着这个主题的微型小说。也许由于我熟悉这行业，脑子也有不少老中医的形象。动笔很顺利，写得很投入，越写越觉得入神，好像灵感来造访。如写到了被人誉为"朱半仙"的老中医朱一新，在切病者脉搏时，忽觉胸闷胸痛，自知大限将至，仍坚持为病人把脉，出乎意料地"跳"出一个这样的结尾：

这时候诊所只剩下三名病号，他便请他们到他卧室去。

躺在床上的他，伸出三个指头，把完第一个病号的脉；又伸出三个指头，颤抖地把完了第二个病号的脉；再伸出三个指头把最后一个病号时，他的三个指头再也不会动了，僵硬地停在病人跳动的脉搏上……

这个结尾的出现，好像见到文中的"眼睛"，即主题坐标的显露。当时我有一种自信和惊喜——"结晶儿"诞生了。

中国评论家龙彼德赞赏"这段"是"精彩的描述"，"真是'鞠躬尽瘁，死而后已'！'三个指头'是朱一新医德、医术的全面展示，也是震撼读者心灵的神来之笔（《精妙的叙事艺术——评曾心的微型小说》)"！

陈：您文医兼备，又具有丰富的人生经历与智慧。您在文学上能够取得如此骄人的成就，除此之外，还有哪些因素？

曾：我想，隐隐约约还有以下的因素吧！

现在有些人不喜欢谈思想。其实什么作品都躲避不了思想。不是这种思想，就是那种思想。即使声称不谈思想的作品，作品中还是有他自己的思想。因此，思想的深度，决定作品的深度。思想浅薄或平庸，是作家的致命伤。

我从小在泰国农村长大，对田野的稻米、花草、树木、虫鸟等，都有一种特殊的情感。随着年龄的增长，这种情感越积越深，以至自我流露出那种"久在樊笼里，复得返自然"的陶渊明的崇尚自然的思想。

我喜欢"圆"的"学说"。觉得地球是圆的,太阳是圆的,星球是圆的,一切生灵的眼珠子都是圆的。"圆"是完满的象征,最美丽,最极致。因此,我想做人也要"圆",把"圆"作为圭臬,把老子的"上善若水,水善利万物而不争"之类的话记在心里。清代刘熙载在《艺概·诗概》中说:"诗品出于人品。"也许由于此种缘故,深藏在我心灵里的这种东西,便有意无意地在作品中流露出来了。

写作需要冲动,但更需要"冲动"之后的沉思,需要沉淀后的"冲动"。一个喜欢拿笔杆子的人,对人对物对事对景,容易"冲动",容易生情,甚至有如点某个穴位,一点便产生连锁反应。往往冲动的情感似可燃烧、可燎原!但我习惯于"坐禅",在"入定"时,让这种冲动的情感沉淀,沉淀,再沉淀!沉淀是冷的,冲动是热的,冷热相碰与融合,有时会"悟"出一些超出情感的"理"来,在表层里面有更深层的东西。

写作是一种创业,是一种精神的"创业"。创业难,守业更难;同样的道理,写作难,坚持更难。从某种意义上来说,精神之业,比物质之业更难。它要承受各种压力——物质的压力、精神的压力、社会评说的压力、家庭的压力、自我突破的压力什么的。因此,有些颇有才华的作家,顶不住"压力",只"冒尖"一时,便偃旗息鼓。我不是出身书香门第,禀赋不早慧,而是到了九岁才进学校读书。我自知自己没有什么"天赋",也不是聪明人,有人说我有点儿"愚"。但我懂得"笨鸟先飞"的道理。既然起飞,不管风吹雨打,不管路途多远,不问何时到达"彼岸",只问飞行,只问航程。在写作过程中,我学会忍耐再忍耐,冷静再冷静,坚持再坚持,也学会低头做人,甚至夹着尾巴做人。我喜欢"乌龟"的处世哲学,曾写了一首《龟》的小诗自勉:"遭受欺压时/把头缩成一块硬石//过后/继续走路。"

陈:您已年逾古稀,是否会继续给读者带来惊喜?

曾:有人说,作家从三十岁到五十岁是创作生命的旺盛期,之后就走下坡路。我是在下坡期——五十岁才走上文学道路的。我已年逾古稀,很难有什么"惊喜"之作了。

当前,随着泰国华侨、华裔家庭结构的重新组合,如娶嫁的融合,使得一个家族中几乎没有纯种的第三代华裔。现在的泰华作品很少再去反映"叶落归根"的问题了,而着重写"叶落生根"。这"根"已延伸到政治、经济、文化等方面,而且似乎渐有逾越或突破华侨、华裔题材之势。因此,我想写华侨第四代、第五代的华裔,反映他们融入当地主流社会的生活。也许这只是还有"惊喜"之梦吧。